AF184942

Klaus Vater

Brandt-Gefahr
Der 29. Kappe-Fall

Kriminalroman

Jaron Verlag

Klaus Vater, geboren 1946, studierte Politische Wissenschaften, bevor er ab 1972 als Redakteur arbeitete. Ab 2000 war er Pressesprecher zunächst des Bundesarbeitsministeriums, später des Bundesgesundheitsministeriums, schließlich stellvertretender Sprecher der Bundesregierung. Vater schrieb diverse Sachbücher zum Arbeitsmarkt und zum wirtschaftlichen Strukturwandel. Für seinen Jugendkriminalroman «Sohn eines Dealers» erhielt er 1992 den Jugendbuchpreis «Emil». In der Reihe «Es geschah in Berlin» erschien von ihm bereits «Am Abgrund» (2011). Er schreibt regelmäßig für den Blog «Carta», das Magazin «Cicero» und die Zeitschrift «Berliner Republik».

Originalausgabe
1. Auflage 2017
© 2017 Jaron Verlag GmbH, Berlin
www.jaron-verlag.de
Umschlaggestaltung: Bauer+Möhring, Berlin
Satz: Prill Partners | producing, Barcelona
Druck und Bindung: CPI books GmbH, Leck

ISBN 978-3-89773-817-1

EINS
Mittwoch, 16. November 1966

AM MORGEN sah es nach Regen aus. Daher zog der Berliner Kriminaloberkommissar Otto Kappe einen hellen Popelinemantel über seinen dunkelblauen Anzug, nahm seinen schwarzen Stockschirm zur Hand, setzte eine Tweedmütze auf, schlug den Mantelkragen hoch und ließ sich von seiner Frau Gertrud begutachten. Im Flur schaute er kurz in den Wandspiegel. Er sah ein schmales Gesicht mit kaltem Blick, einer geraden Nase und zusammengekniffenen Lippen. Der Mann, den er vor sich hatte, wirkte abweisend. Das störte ihn aber nicht weiter. Schließlich gab er Gertrud einen flüchtigen Kuss auf die Wange und sagte, dass er noch nicht wisse, wann er am Abend nach Hause komme. Otto rügte sich im Stillen wegen dieses nichtssagenden Abschiedsrituals, zog deshalb seine Frau an sich, drückte sie fest und atmete ihren Duft ein. Er küsste sie erneut, nahm ihr Gesicht in beide Hände und betrachtete sie einen Augenblick, bevor er die gemeinsame Wohnung im Horstweg verließ und zum Sophie-Charlotte-Platz ging.

Er stieg in die U 1, um bis zum Nollendorfplatz zu fahren. Dort wollte er in die U 4 wechseln, um am Bayerischen Platz auszusteigen. Er suchte sich einen freien Platz, setzte sich hin und klemmte den Stockschirm zwischen die Knie.

Neben ihm unterhielten sich zwei ältere Frauen über den heutigen Buß- und Bettag: «Die Nazis haben '34 daraus einen Feiertag für alle gemacht, ihn aber '39 praktisch wieder abgeschafft …»

Otto Kappe machte sich nichts aus diesem kirchlichen Feiertag, er war nicht religiös. Dennoch war er davon überzeugt, dass es irgendetwas da oben geben müsse — etwas, das Ordnung geschaffen hatte. Denn an Zufälle glaubte er weder im Beruf noch im Hinblick auf Natur und Kosmos.

Am Abend zuvor hatten Gertrud und er seine Eltern beköstigt. Gertrud hatte eine Ausnahme gemacht. Da sie selbst berufstätig war, kochte sie meist nur am Wochenende warm. Es hatte hausgemachte Buletten, grüne Bohnen und Salzkartoffeln und als krönenden Abschluss Eiscreme mit Kirschsirup gegeben — Letzteres auf besonderen Wunsch von Ottos Vater Oskar. Der hatte während des Essens angekündigt, man werde am Buß- und Bettag einen Gottesdienst in der Zwölf-Apostel-Kirchengemeinde besuchen, denn er sei nun in dem Alter, in dem man bereits die Landebahn vor sich habe, wie eine DC 6, die in Tempelhof einschwebe. Er müsse sich langsam darauf einstellen, dass sein Leben sich dem Ende zuneige, und deshalb sei Beten nicht der schlechteste Rat.

«Was meinst du damit?», hatte Gertrud erschrocken gefragt.

Oskar, mittlerweile achtzig Jahre alt, hatte geantwortet: «Ich habe den Eindruck, dass einiges den Bach runtergeht. Die Nazis ziehen wieder in die Parlamente ein, und die Stadt ist zu einem Schieber- und Gaunerparadies geworden. Für die kleinen Leute wird zu wenig getan. Wie sich das alles weiterentwickeln wird, weiß niemand.» Der alte Herr war ganz aufgeregt gewesen. «Der Churchill hat mal gesagt, die Deutschen habe man entweder zu den Füßen oder an der Kehle. Da hat der alte Knabe wohl recht gehabt.»

«Und du meinst, beten hilft?», hatte Otto entgegnet.

«Werd ich ja bald sehen.»

Der Sohn hatte nur den Kopf geschüttelt und gerätselt, ob sein Vater auf seine letzten Tage noch wunderlich werde.

Ottos Mutter Frieda, genannt Friedel, hatte der Unterhaltung mit wachsendem Unbehagen gelauscht. Bevor ihr Mann fortfahren konnte, hatte sie eingeworfen: «Oskar regt sich immer so fürchterlich auf, wenn er Rundfunk hört. Neulich hat ein ...»

Otto hatte das Interesse am weiteren Verlauf des Gesprächs

verloren. Ihn hatte vielmehr der Gedanke beschäftigt, was es zu bedeuten habe, dass der Berliner Kripochef am Buß- und Bettag eine Unterrichtung angesetzt hatte.

Diese Frage ließ Otto Kappe auch jetzt, in der U-Bahn, nicht los. Fast hätte er vergessen, am Bahnhof Nollendorfplatz auszusteigen. Er sprang wie von der Tarantel gestochen auf, rannte zur Schiebetür, stemmte sie auf und fluchte leise vor sich hin. Das hätte ihm heute noch gefehlt, zu spät beim Dienst zu erscheinen! Er möge bitte pünktlich sein, hatte Frieda Kessel, seine Sekretärin, nachdrücklich hinzugefügt, als sie ihm gestern kurz vor Dienstende mitgeteilt hatte, dass der Direktor der Berliner Kripo, Günther Niederzier, ihn heute um neun Uhr zu einer Besprechung mit dem Bundesamt für Verfassungsschutz erwarte.

Worum konnte es bloß gehen? War irgendetwas passiert, das ihm bisher entgangen war? Hat einer seiner Kollegen etwas derart versiebt, dass der Verfassungsschutz auf den Plan gerufen wurde? Unwahrscheinlich. Er ging noch einmal alle aktuellen Fälle durch, aber keine der laufenden Ermittlungen bot viel Zündstoff. Das Einschalten der Verfassungsschützer machte Kappe jedenfalls misstrauisch. Der riesige Apparat der West-Berliner Polizei glich einem Labyrinth, in dem man leicht den Überblick verlor. Überzeugte Sozialdemokraten und alte Nationalsozialisten fochten ihre Kämpfe aus. Außerdem wusste niemand, wie viele Spitzel Ost-Berlins und Moskaus in den drei Westsektoren aktiv waren, denn bis zum Mauerbau 1961 hatten diese ungehinderten Zutritt zum Westen gehabt. Viele hatten sich als Flüchtlinge registrieren lassen, um auf die Chance zu warten, dem kapitalistischen Klassenfeind Schaden zufügen zu können. Niemand konnte sagen, wer diese Spitzel waren, wo sie steckten oder mit wem sie in Kontakt standen. Otto Kappe war sich sicher, dass die Polizei des freien Teils der Stadt Ulbrichts Spitzel anlockte wie Tannenhonig die Braunbären.

Auch er selbst wurde von manchen Kollegen mit Argwohn betrachtet – schon deshalb, weil sein Cousin Hartmut höherer

Offizier bei der Kripo in Ost-Berlin war. Hinzu kam, dass die West-Berliner Kriminalpolizei an Ansehensverlust litt, seitdem ihr im Sommer des Jahres 1966, das sich nun dem Ende zuneigte, ein fataler Misserfolg beschieden war. In Spandau war die elfjährige Christa John missbraucht und ermordet worden. Der Fall hatte die ganze Stadt beschäftigt, und die Polizei hatte unter einem enormen öffentlichen Druck gestanden. Erst Wochen später war der Täter, ein zur Tatzeit sechzehnjähriger Lehrling, gefasst worden. Die Zeitungen hatten kübelweise Hohn und Spott über die tollpatschige Kripo ausgeschüttet. Zum Glück war Otto Kappe nicht an den Ermittlungen beteiligt gewesen.

Gegen halb acht erreichte seine U-Bahn den Bayerischen Platz. Er stieg aus, spazierte, während er seine Gedanken schweifen ließ, gemächlich ein Stück die Grunewaldstraße entlang, um dann in die Gothaer Straße einzubiegen, an deren Ecke das Gebäude der Berliner Kripo stand. Der mächtige Bau mit imposanter Fassade und Walmdach hätte ebenso gut ein Theater oder ein Gymnasium beherbergen können. Nun arbeitete Otto Kappe als Kripobeamter mit Pensionsanspruch bereits seit zehn Jahren in diesem Gebäude.

Sein Kollege Hans-Gert Galgenberg war nicht an seinem Arbeitsplatz.

«Der ist noch nicht da», erklärte seine Sekretärin.

Otto Kappe verzog das Gesicht, sagte aber nur: «Da kann man nüscht machen.» Schließlich ergänzte er ein wenig stockend: «Sie sehen heute übrigens hinreißend aus, Frau Kessel!»

Frieda Kessel lachte. Sie kannte den Kommissar und dessen mitunter etwas ungelenke Art. Keine Allüren, zurückhaltend, stets korrekt und nie aufbrausend ihr gegenüber. Seit Jahren arbeitete sie für ihn und war nie ungerecht von ihm behandelt worden. Ein Kompliment wie dieses wertete sie als Zeichen des Respekts. Es gab Sekretärinnen in der Kripo, die sie beneideten. Denn sie war für einen Mann tätig, der in seinem Beruf zweifellos tüchtig war, der ungeschliffenes Verhalten nicht zuließ und der für Fehler selbst geradestand, statt mit dem Finger auf andere zu zeigen.

8

Frieda Kessel war ein Jahr jünger als der im Jahr 1911 geborene Otto Kappe und kleidete sich seit einiger Zeit wieder flott, benutzte Lippenstift und zeigte Bein. Ihre kleine private Welt war aus den Fugen geraten, als ihr Ehemann sie vor Jahren wegen einer jüngeren Frau verlassen hatte.

«Wenn Herr Galgenberg erscheint, fragen Sie ihn bitte, ob er sich um eine Kneipe für morgen Abend gekümmert hat», sagte Otto Kappe. «Wenn nicht, soll er sich auf die Socken machen!»

«Mach ich», antwortete Frieda Kessel. «Gleich beginnt die Besprechung mit Kripochef Niederzier», fügte sie an. «Sie möchten bitte in den Besprechungsraum im zweiten Stock kommen.»

«Was denn?», knurrte Kappe. «In dieses Loch? Warum denn dorthin?»

«Weil Herr Direktor den Gästen vorführen möchte, dass die Berliner Kripo über Gebühr knappgehalten wird.»

«Aha ... Dann mache ich mich mal auf den Weg.»

Der Besprechungsraum sah auf den ersten Blick wie ein Klassenzimmer aus, die Einrichtung wirkte wie zusammengewürfelt. Zur Straße hin befanden sich hohe, bogenförmige Fenster, die einer Reinigung bedurften. An einer Breitseite hing eine leere grüne Tafel mit Schwamm und Kreide, an der anderen eine riesige Karte, auf der Deutschland in den Grenzen von 1937 abgebildet war. Allerdings waren die ehemals deutschen Gebiete östlich der Oder mit einem breiten gelben Rand versehen, sowohl die unter sowjetischer Verwaltung im östlichen Teil des früheren Ostpreußen als auch die unter polnischer Verwaltung. Die sowjetisch besetzte Zone, die SBZ, war grün, die englische Besatzungszone rot, die US-amerikanische blau und die Zone der Franzosen lila umrandet. Berlin war wie ein Fremdkörper vom Gebiet der SBZ umschlossen.

Die Wände des Raums trugen einen ins Gelbliche changierenden, ursprünglich weißen Anstrich. In der Mitte des Zimmers befand sich ein großer, offenbar fabrikneuer Tisch mit blauer Resopalauflage. Um diesen Tisch herum standen mehr oder weniger zerkratzte Holzstühle. An der den Fenstern gegenüber-liegenden Längsseite hingen Fotos von den Männern, die seit 1951 das Amt des Berliner Innensenators bekleidet hatten: von Werner Müller, Hermann Fischer, Joachim Lipschitz, schließlich dem aktuellen Amtsinhaber Heinrich Albertz. Daneben war ein Bild des Bundespräsidenten Heinrich Lübke aufgehängt.

In der Mitte des Raums stand der Befehlshaber über 1700 Berliner Kriminalpolizisten, Kriminaldirektor Günther Niederzier. Wie immer war er in einen eleganten Anzug gekleidet. Er rückte seine Brille zurecht, strich sich über das Haar und schaute Kappe aus müden Augen an.

Otto Kappe trat auf ihn zu. «Guten Morgen, Herr Nieder-zier!» Er reichte ihm die Hand und nickte, um dann wieder einen Schritt zurückzutreten. Er kannte den Kriminaldirektor seit Lan-gem und schätzte ihn, weil er kein sturer Traditionalist, sondern für Neues aufgeschlossen war. Niederzier nutzte Zeitungen wie den *Tagesspiegel*, um die Öffentlichkeit über Verbrechensursachen und die Arbeit der Polizei zu informieren. Er achtete auf eine kol-legiale Zusammenarbeit innerhalb der Kripo. Kappe dachte ähn-lich wie er. Beide respektierten sich. Nur vor zwei Jahren hatte ihn der Direktor mal zur Brust genommen, weil er im Fall eines Pharmaunternehmers, der mit Gas vergiftet worden war, nicht so recht weitergekommen war. Seitdem hatte Kappe aber wieder mit seiner Arbeit überzeugen können.

«Guten Morgen, Herr Kappe!», erwiderte Niederzier. «Geht es Ihnen gut? Haben Sie zurzeit einen besonders aufwendigen Fall, der Sie stark beansprucht?», fragte er.

«Danke der Nachfrage. Im Augenblick sind wir eher mit Routinefällen beschäftigt.»

«Sie könnten also noch eine weitere Aufgabe übernehmen?»

«Ja, das ließe sich wohl machen …», antwortete Otto Kap-pe zögerlich und wandte sich nach rechts, um den Kriminalrat Friedhelm Keunitz, den Leiter der Unterabteilung I der Kriminal-inspektion, zu grüßen, seinen unmittelbaren Vorgesetzten. Kappe wusste, dass Keunitz es nicht verknusen konnte, wenn er nicht beachtet wurde. Dienstvorschriften gäbe es nicht aus Jux und Tollerei, lautete dessen Credo.

Hinter Keunitz entdeckte er den Kommissar Eduard Strattmann. Der war Personalrat, allerdings nicht freigestellt. Er gehörte der einflussreichen «Keulenriege» in der Berliner SPD an, also dem rechten Flügel der Partei, der vor Jahren Willy Brandt in harten Auseinandersetzungen mit der Parteilinken als Landesvorsitzenden der SPD durchgedrückt hatte. Strattmann war ein bulliger Kerl und ein sturer Hund. Im Dienst galt er als ziemlich humorlos. Er war im Ruhrgebiet aufgewachsen und nach dem Krieg in Berlin hängengeblieben, der Liebe wegen. Nun wohnte er mit seiner Familie in einer bequemen Vierzimmerwohnung in Wilmersdorf. Er war ein hartgesottener Antikommunist, dem nachgesagt wurde, dass er mit Blick auf die Sowjetunion nur eines genießen könne: Russische Eier, jene mit unechtem Kaviar und Remoulade bekrönten Sattmacher.

Otto Kappe hatte bisher nicht mit Strattmann zusammengearbeitet. Man kannte sich natürlich von Besprechungen sowie von Feiern. Und von Polizeiparaden in den Fünfzigern, auf denen sie nebeneinander marschiert waren, der Sozi Eduard Strattmann und der Adenauer-Bewunderer Otto Kappe, während Gertrud und Strattmanns Betty am Straßenrand miteinander gequasselt, zu der Blechmusik des Polizeiorchesters geschunkelt und ihren Männern zugewinkt hatten.

Kappe und Strattmann achteten einander. Beide wussten gute Kriminalarbeit zu schätzen, und beide waren sehr engagiert. Daher begegnete das Reviergewächs Strattmann, das die Parteitraditionen der SPD verinnerlicht hatte, der Berliner Pflanze Kappe mit Vertrauen. Daran änderte auch nichts, dass Kappe davon überzeugt war, dass weder der verstorbene SPD-Chef Kurt Schumacher noch der gegenwärtige SPD-Vorsitzende, der Regierende Bürgermeister Willy Brandt, den West-Berlinern die Freiheit gesichert hatten, sondern der CDU-Kanzler Konrad Adenauer gemeinsam mit den

Soldaten der USA und Großbritanniens. Ohne die, so meinte Kappe, würden auf dem Kudamm längst Fahnen mit Hammer und Sichel wehen. Es machte ihn misstrauisch, dass sich manche Sozialdemokraten – Brandt freilich gehörte nicht zu ihnen – mit Ulbrichts Gefolgsleuten in West-Berlin zusammentun wollten.

Am Tisch standen einige jüngere Männer zusammen. Sie waren allesamt in dunkle Anzüge und weiße Hemden mit gestreiften Krawatten gekleidet und hatten exakt gescheitelte Haare. Otto Kappe hatte keinen von ihnen schon mal gesehen.

Ein paar Schritte von ihnen entfernt unterhielten sich zwei Männer. Den Jüngeren kannte Kappe flüchtig – der war vom Staatsschutz. Plötzlich war Kappe hellwach. Der Staatsschutz war also auch dabei. Der gehörte zwar zur Kripo, war aber nicht dem Kripodirektor Niederzier unterstellt, sondern direkt dem Polizeipräsidenten Duensing. Wie Terrier, die sich für die Fuchsjagd trainieren lassen, war der Staatsschutz auf Kommunisten dressiert. Manche nannten die Staatsschützer spöttisch die «hochgeheimen Eichkatzen». Kappe und seine Kollegen wussten, dass alles, was der Staatsschutz trieb, sofort bei den Geheimdiensten der Alliierten oder beim deutschen Bundesnachrichtendienst landete. Die beiden Männer schauten Kappe an. Er nickte ihnen wortlos zu.

Niederzier hatte offenbar nur darauf gewartet, dass Otto Kappe eintreffen würde, denn jetzt ergriff er das Wort. «Meine Herren, ich freue mich, Sie hier begrüßen zu können. Ich möchte Sie mit Oberregierungsrat Hans Josef Voißel bekannt machen. Er ist Gruppenleiter im Kölner Bundesamt für Verfassungsschutz. Es kommt nicht alle Tage vor, dass ein hochrangiger Vertreter des Verfassungsschutzes die Berliner Kripo persönlich informiert. Was er uns mitzuteilen hat, ist für unsere Arbeit sehr wichtig. Ich bitte deshalb um höchste Aufmerksamkeit.» Niederzier blickte in die Runde und fuhr fort. «Außerdem begrüße ich zwei Kollegen vom Staatsschutz: Herrn Edgar Maischonnek und Herrn Rudolf Schiltken.»

Maischonnek war ein dünner, blasser Mann. Er trug eine

dunkle Wollhose und ein helles Sakko mit Salz-und-Pfeffer-Muster, dazu ein weißes Hemd und eine hellblaue Krawatte. Otto Kappe schätzte ihn auf Mitte vierzig. Er war ihm hin und wieder begegnet. Schiltken hingegen hatte er noch nie gesehen, obwohl der in seinem Alter sein musste. Er trug einen unauffälligen dunklen Anzug, ein weißes Hemd und eine dunkle Krawatte. Kappe fiel auf, dass ein Ordensband Schiltkens linkes Revers schmückte. So etwas hatte es, als Johannes Stumm noch Berliner Polizeipräsident gewesen war, nicht gegeben. Jeder farbige Streifen des Abzeichens stand für einen Orden. Einer war tiefblau. Kappe wusste, was das zu bedeuten hatte: Der Träger musste mindestens zwölf Jahre in Hitlers Wehrmacht gedient haben. Bis Kriegsende 1945 hatte ein Hakenkreuz im Eichenkranz den blauen Streifen verziert, nun fehlte es. So einer ist der also, dachte Kappe bei sich.

«Meine Herren, Herr Voißel hat das Wort!», sagte der Kriminaldirektor.

Der Vertreter des Bundesamtes für Verfassungsschutz hatte einen stahlblauen Anzug mit breitem Kragenaufschlag und eine rote Krawatte an. Er wirkte gedrungen. Kappe hatte seine wachsamen Augen bemerkt, denen nichts im Raum zu entgehen schien. Während Strattmann geredet hatte, hatte Voißel jeden Anwesenden gemustert. Nun nickte Strattmann Voißel freundlich zu. Kappe schloss daraus, dass sich die beiden aus der SPD kannten.

«Guten Morgen! Ich bitte sehr herzlich um absolute Diskretion.» Voißels Blick wanderte durch die Reihen. «Wir haben Anlass zu der Vermutung, dass in Berlin ein politisch motiviertes Verbrechen vorbereitet wird.»

Im Raum war es totenstill. Günther Niederzier hatte den Blick gesenkt. Friedhelm Keunitz fixierte Voißel. Otto Kappe registrierte die entsetzten Gesichter seiner Kollegen.

«Lassen Sie mich darlegen, worauf sich diese Vermutung stützt», fuhr Voißel fort. «Sie werden sich vielleicht daran erinnern, dass im Sommer in einigen Zeitungen zu lesen war, dass dem Sonderbeauftragten des Bundeskanzlers für Berlin Ernst Lemmer, dem Abgeordneten Herbert Wehner und dem amerikanischen Botschafter George C. McGhee Briefe in ihre Bonner Büros zugestellt wurden, die tödliches Gift enthielten. Zwei Sekretärinnen erlitten Verbrennungen, als sie die Briefe öffneten. In den Zeitungsberichten war über die näheren Umstände dieser Anschläge nichts zu lesen, weil wir nicht wollten, dass zu viel bekannt wurde. Wir haben glaubhaft den Eindruck erweckt, dass der Täter geistesgestört wäre. Tatsächlich aber stand hinter den Taten offenbar ein politisches Kalkül. Sie wurden von einem ehemaligen Mitglied der Kampfgruppe gegen Unmenschlichkeit verübt, die bekanntlich in West-Berlin ihre Zentrale hatte. Der Mann agierte unter dem Namen Bruhn und lebt mittlerweile in Schweden, unsere Justiz hat deshalb keinen Zugriff auf ihn. Warum er diese Giftbriefe versendet hat, wissen wir letztendlich nicht genau. Doch es liegt die Vermutung nahe, dass er politische Rechnungen begleichen wollte. Kennt jemand den Mann zufällig?»

Niemand meldete sich zu Wort. Voißel blätterte in seinen Papieren, seine Zuhörerschaft war still. Kappe fröstelte.

«Für uns im Kölner Bundesamt waren die Anschläge Anlass, uns das Umfeld des Täters genau anzuschauen. Dabei stellten wir fest, dass mehrere jüngere Anhänger der vor zwei Jahren gegründeten Nationaldemokratischen Partei Deutschlands aus dem Westen nach Berlin reisten, um sich hier niederzulassen. Sie sind untergetaucht, aber höchstwahrscheinlich noch in West-Berlin. Es handelt sich hierbei um Hilfsarbeiter, die bewaffnet sind und wir als höchst gefährlich einstufen. Ob sie direkt aus der Führungsebene der NPD gelenkt werden, wissen wir nicht. Es ist aber möglich. Im achtzehnköpfigen Vorstand dieser Partei, die unlängst in Hessen fast acht Prozent der Wählerstimmen erhielt, sind zwölf Personen, die schon zu Hitlers Zeiten aktiv waren, ehemalige SS-Leute, Gauredner, frühere Kreisvorsitzende der NSDAP und so weiter.» Voißel dachte einen Augenblick nach. «Wir wissen nicht, mit welchem Auftrag sie nach Berlin geschickt wurden. Es kann sein, dass sie sich eine Zeit lang ruhig verhalten, um auf eine günstige Gele-

14

genheit für einen Anschlag zu warten. Alarmierend ist die Übersiedlung nach Berlin allemal.»

Friedhelm Keunitz ergriff das Wort. «Die Geschichte mit den Briefen war mir bekannt. Aber ich dachte, es habe sich nur um Drohbriefe gehandelt. Dass ein Ehemaliger der Kampfgruppe dahintersteckt, klingt in der Tat bedrohlich. Eine akute Gefahr kann ich dennoch nicht erkennen. Die Berliner Bevölkerung hat die Nase gestrichen voll von den Nazis, diese neue Partei dürfte sich kaum Hoffnungen machen, durch einen Anschlag erneut Massen mobilisieren zu können.»

Voißel blickte Keunitz nachdenklich an. «Vor wenigen Wochen sind Albert Speer und Baldur von Schirach aus dem Kriegsverbrechergefängnis in Spandau entlassen worden. Das hat manche Nationalsozialisten elektrisiert. Und vor ein paar Monaten ist der Generalinspekteur der Bundeswehr Heinz Trettner zurückgetreten. Der war für viele alte Nazis eine Identifikationsfigur. Trettner gehörte als Generalmajor schließlich zu denen, die Hitler bis Mai 1945 unterstützt hatten. Und am heutigen Tag wird der frühere SS-Arzt Horst Schumann von der Regierung Ghanas an die Bundesrepublik ausgeliefert, damit ihm hier der Prozess wegen seiner Gräueltaten während der NS-Zeit gemacht werden kann. Schumann war nach Afrika geflüchtet, weil ihm bei uns die Justiz auf den Fersen war. Er wurde in Ghana von höchsten Stellen des Staates geschützt. Erst nach einem Machtwechsel in diesem Land kam seine Auslieferung ins Rollen. Können Sie mir folgen?» Ohne eine Antwort abzuwarten, fuhr Voißel fort: «Auch dieser feine Herr ist für viele alte und neue Nazis ein Idol.»

Kriminalrat Keunitz warf ein: «Entschuldigen Sie, Herr Kollege, aber wollen Sie uns glauben machen, die Auslieferung eines früheren SS-Arztes würde Anhänger der nationalsozialistischen Ideologie dazu bringen, Attentate zu verüben? Das kann ich mir nicht vorstellen.»

«Ich möchte Ihnen nur deutlich machen», erwiderte Voißel, «dass die Rechtsextremen wieder an Zuspruch gewinnen und es ihnen gelingt, Vorgänge wie die um Trettner oder Schumann zu nutzen, um neue Anhänger zu gewinnen. Millionen derer, die bis 1945 Hitler zujubelten, sind doch noch unter uns! Und die NPD versucht, sie dazu zu bringen, wieder aus der Deckung zu kommen. Vermutlich denken die Nazis, ein politischer Anschlag könnte das forcieren.»

Einige zündeten sich Zigaretten an. Strattmann hatte sich mit einem verkniffenen Gesichtsausdruck in seinem Stuhl zurückgelehnt. Der Kripochef schaute nachdenklich auf Kappe.

Schließlich nahm Voißel den Faden wieder auf. «Ein besonderes Faktum bereitet uns in Köln die größte Sorge. Nach unseren Informationen sind zwei Männer nach West-Berlin eingereist, von denen höchste Gefahr ausgehen könnte. Den einen kann man als berufsmäßigen Mörder bezeichnen. Der andere war in den letzten Jahren als eine Art Reisemarschall der Nationalsozialisten tätig. Wir vermuten, dass sie mit den NPD-Leuten zusammenarbeiten.»

«Verdammt!», knurrte Niederzier. «Was braut sich da zusammen?»

«Damit ist das Problem aber noch nicht vollständig umrissen», entgegnete Voißel.

«Sie machen mir Spaß!», fauchte Keunitz. «Was kommt denn noch?»

«Weiterhin ist uns zu Ohren gekommen», fuhr der Verfassungsschützer fort, «dass in Ihrer Stadt frühere Mitglieder der 1959 aufgelösten Kampfgruppe gegen Unmenschlichkeit wieder aktiv geworden sind. Es gibt Anzeichen dafür, dass Verbindungen zwischen ihnen und den beiden Männern bestehen, die jüngst nach Berlin gekommen sind. Sie kennen die Geschichte dieser Kampfgruppe besser als ich, nehme ich an. Das sind ja teils sehr anständige Leute gewesen, die sich von ihrer Wut über die Verbrechen der Kommunisten zu Verbrechen haben leiten lassen. Zu Anfang war diese Kampfgruppe aber auch ein Sammelbecken von alten Nazis. Die neue Politik des Senats gegenüber den Kommunisten scheint einige von denen zur Raserei zu bringen. Wer mit Ulbrichts Leuten Vereinbarungen schließt, wie der Senat das im März des Jahres getan hat, ist für die ein Vaterlandsverräter. Ihr Staatsschutz wird mehr darüber wissen.» Er schaute Maischonnek und Schiltken an.

Die beiden Staatsschützer reagierten mit keiner Silbe, sondern fixierten schweigend den Oberregierungsrat aus Köln.

Kappe fiel auf, dass sich Keunitz' Gesicht gerötet hatte. Wie er ihn kannte, war das ein Zeichen seines Ärgers über die beiden Staatsschützer. Niederzier hatte den Blick auf seine Hände geheftet, so als betrachtete er seine Fingernägel. Er wirkte grimmig.

Statt Keunitz oder Niederzier ergriff Eduard Strattmann das Wort. «Sie können nicht einfach stumme Zuhörer spielen, wenn es um Ihre Angelegenheiten geht!»

«Du wirst verstehen, dass wir uns hierzu nicht äußern können, wir brauchen dazu die Erlaubnis von oben», meldete Schiltken sich zu Wort. «Das ist bei uns etwas anders geregelt, und das hat seinen guten Grund.»

«Ich habe Ihnen nicht gestattet, mich zu duzen!», schnauzte Strattmann ihn an.

Alle schwiegen. Es entstand eine Pause, die Otto Kappe als peinlich empfand. Daher sagte er: «Sie schildern uns eine Bedrohungslage, die es in sich hat. Professionelle Kriminelle in Zusammenarbeit mit alten Kameraden — das klingt nach echten Problemen.»

«Ich kann mir schon vorstellen, was das für die Berliner Kripo bedeutet», erklärte Hans Josef Voißel.

«Das glaube ich nicht», sagte Niederzier. Er lehnte sich zurück und schaute in die Runde. «Es gibt hier in West-Berlin Hunderte von Objekten, die sich für einen Anschlag anbieten, zivile wie militärische.»

«Von gefährdeten Personen ganz zu schweigen», ergänzte Keunitz.

Unruhe breitete sich unter den Zuhörern aus. Einige unterhielten sich halblaut miteinander.

«Gibt es weitere Anmerkungen oder Fragen?», erkundigte

sich Kriminaldirektor Niederzier mit heiserer Stimme. Er wartete einige Sekunden, aber offenbar war jeder in der Runde mit seinen eigenen Gedanken beschäftigt. «Nein? Dann bedanke ich mich bei Herrn Voißel. Ich erinnere Sie alle noch einmal daran, dass wir Verschwiegenheit verabredet haben. Kommen Sie noch auf einen Kaffee in mein Büro, Herr Voißel?»

Während sich der Raum leerte, winkte Niederzier Kappe zu sich. «Ich muss mit Ihnen sprechen. Bitte gehen Sie schon vor in mein Büro!»

Kriminaloberkommissar Otto Kappe hatte sich gerade in einem der Sessel im Zimmer des Kriminaldirektors niedergelassen, als Günther Niederzier mit Keunitz, Voißel und – zu Kappes Verblüffung – Strattmann den Raum betrat. Die Männer suchten sich schweigend einen Platz und setzten sich. Niederziers Sekretärin servierte unaufgefordert Kaffee.

«Fahren Sie bitte fort!», sagte der oberste Kripobeamte zu Hans Josef Voißel.

Der griff in seine Aktentasche, holte einen grünen Ordner hervor, schlug ihn bedächtig auf und entnahm ihm zwei Fotografien, die er den anderen zeigte. «Der eine hier, der auf dem linken Bild, das ist August Pretzky. 45 Jahre alt, in Königsberg geboren und im Alter von neunzehn Jahren in die Wehrmacht eingetreten. Er war Soldat im Sonderverband Brandenburg, einer Einheit, die hinter den feindlichen Linien operierte. Immer wieder sind Vorwürfe erhoben worden, dass dieser Verband an Kriegsverbrechen beteiligt gewesen sei. Pretzky wurde nach dem Krieg in einem französischen Gefangenenlager festgehalten. Ab 1948 war er in Berlin wohnhaft. Ich schätze, aus dieser Zeit resultieren Kontakte zu den Mitgliedern der Kampfgruppe. Von 1953 bis 1957 war er in der Fremdenlegion. Nach Recherchen des Bundesnachrichtendienstes war er anschließend als Söldner in afrikanischen Ländern wie dem Kongo tätig. 1960 tauchte er wieder in Deutschland auf, wenig später wurde er in Berlin gesehen.»

Die Fotografie zeigte ein schmales Gesicht mit Geheimrats-ecken, dunklen zurückgekämmten Haaren, einer langen Nase, die so aussah, als wäre sie einmal gebrochen gewesen und schief wieder zusammengewachsen, spöttisch funkelnden Augen, einem kleinen Mund und einem spitzen Kinn.

«Es wäre interessant zu erfahren, wo solche Leute untertauchen», erklärte Niederzier.

Voißel kramte in seiner Tasche und fischte einen Zettel heraus. «Seine alte Adresse in Berlin steht hier.» Er las vor: «*Waldemarstraße, Ecke Adalbertstraße. Bei Schubert.*»

Niederzier hob den Kopf. «Ist das nicht unmittelbar an der Grenze?»

Kappe nickte und sagte: «Stimmt. Ziemlich verlassene Gegend. Wann wurde dieses Foto aufgenommen?»

«Nach unseren Recherchen leider bereits Ende der Vierziger-, Anfang der Fünfzigerjahre.» Der Verfassungsschützer blickte in die Runde. «Kann ich fortfahren?» Er wies auf die zweite Foto-grafie. «Der da hat gleich mehrere Namen. Gegenwärtig nennt er sich Eberhard Wagner. Sein richtiger Name lautet Paul Stecher. 46 Jahre alt, gebürtiger Treptower. Eine klassische Nazi-Karrie-re. Ebenfalls ab 1939 in der Wehrmacht. Kurz zuvor mit neun-zehn Jahren in die NSDAP eingetreten. Fünfeinhalb Jahre Soldat. Letzter Dienstgrad Oberleutnant. Kennt einer von Ihnen diesen Mann? Nein? Schade, denn es geht das Gerücht um, dass Wagner in Berlin kein Unbekannter ist. Das würde mich interessieren.»

«Wenn wir etwas über den haben, kriegen Sie das», erwiderte Eduard Strattmann.

Auf dem Bild war ein unauffällig wirkender Mann zu sehen, dessen Gesicht halb im Schatten lag. Er trug einen Hut und ein helles Hemd, die Krawatte hing ihm lose um den Hals.

«Das Foto habe ich auf dem kleinen Dienstweg von einem BND-Mann erhalten. Es müsste um das Jahr 1960 gemacht worden sein, möglicherweise in Ägypten oder in Syrien. Es gibt ebenfalls nicht viel her.» Voißel drehte das Foto herum, um selbst einen Blick darauf zu werfen. «Wagner war im Krieg einer von Hitlers Horchern. Hörte in der Einheit ‹Fremde Heere Ost› von General Gehlen, dem heutigen BND-Präsidenten, Feinde ab. Er spricht bestens Englisch, fließend die französische Sprache, recht gut Russisch und Spanisch. Was er in der Zeit zwischen '45 und '47 gemacht hat, wissen wir nicht genau. Danach war er als Übersetzer für den Bundesnachrichtendienst tätig. 1951 ging er in den Osten. 1957 verließ er die Zone wieder. Die nächsten Jahre wohnte er in West-Berlin. Und dann geschah etwas Erstaunliches: Ab '59 reiste er durch die Weltgeschichte. Er flog nach Ägypten, hielt sich in Syrien auf, verbrachte einige Zeit in Somalia, das 1960 unabhängig geworden war, und besuchte Argentinien. Wir glauben, dass er auf diesen Reisen Kontakte zwischen deutschen Nazis und Faschisten in diesen Ländern knüpfte oder intensivierte.»

Voißel trank seinen Kaffee aus, schließlich sagte er: «Beide sind in West-Berlin. Ob unsere amerikanischen oder britischen Freunde etwas darüber wissen, kann ich nicht sagen. Es ist aber anzunehmen. Beide Männer haben unseres Wissens keinerlei Skrupel zu töten.» Er drehte sich zur Seite, um Niederzier ins Gesicht zu schauen, und fragte: «Wie werden wichtige Personen hier in Berlin geschützt? Auf die Nullachtfuffzehn-Tour? Oder gibt es besondere Maßnahmen?»

Niederzier wurde schmallippig. «Bisher wurde jedem Senatsmitglied ein sogenannter Pistolenmüller zur Seite gestellt, also ein körperlich leistungsfähiger Polizist mit guten Ergebnissen auf dem Schießstand. Das meinen Sie wahrscheinlich mit Nullachtfuffzehn-Tour.»

Friedhelm Keunitz wandte sich an Strattmann. «Sie waren mal Pistolenmüller, nicht wahr?»

«Das stimmt», bestätigte der. «Von '55 bis '57. Während der ersten Jahre von Joachim Lipschitz als Innensenator. Außer mir war niemand von uns für den Senator zuständig, obwohl der eine Reihe fanatischer Feinde hatte. Ich habe manchmal Blut und Wasser geschwitzt. Die Nazis haben Lipschitz gehasst wie die

Pest. Aber manchmal hatte ich Unterstützung von den Amis, da sie der Meinung waren, Lipschitz müsse besser geschützt werden. Planen ließ sich das aber nicht. Mal waren die dabei, mal waren sie abwesend. Die dachten überhaupt nicht daran, mich in ihre Vorhaben einzuweihen.»

Voißel guckte auf seine Armbanduhr. «Oje, ich muss los! Der nächste Termin wartet bereits.»

Nachdem er gegangen war, saßen die vier Männer eine Weile zusammen, ohne dass einer von ihnen etwas sagte.

Niederzier brach schließlich das Schweigen. «Herr Voißel hat darauf bestanden, den letzten, wichtigsten Teil seiner Unterrichtung in sehr kleinem Kreis zu geben. Er traut offenbar Leuten wie Schiltken und den Aktentaschenträgern aus der Senatsverwaltung nicht über den Weg. Er wollte aber, dass sie informiert werden. Das deutet für mich darauf hin, dass dies von seinen Vorgesetzten abgesegnet wurde. Die Tatsache, dass einer von den wenigen Sozialdemokraten im Bundesamt zu uns gesandt wurde, ist schon bemerkenswert. Sie kennen ihn wohl, Kollege Strattmann, wie?»

«Das ist richtig. Voißel passt im Bundesamt auf, dass dort nicht gegen die SPD intrigiert wird. Wir kennen uns aus verschiedenen Besprechungen.»

Niederzier blickte ihn prüfend an, dann fuhr er fort: «Ich bin der Auffassung, dass eine Arbeitsgruppe eingesetzt werden muss, keine offizielle Sonderkommission mit allem Trara, sondern eine Gruppe, die ausschließlich Herrn Keunitz und mir berichtet. Nach außen hin werden wir sagen, dass sich die Ermittlungen auf einige alte Fälle beziehen, die abgeschlossen werden sollen.»

«Mir gefällt das nicht», warf Kappe ein. «Das ist und bleibt eine Angelegenheit des Staatsschutzes. Da sollten wir uns raushalten.»

Niederzier widersprach sofort. «Nein, Herr Kollege, das ist *unser* Problem. Die Spitze des Senats möchte, dass wir die Aufgabe übernehmen. Und das zählt, nichts anderes. Wenn sich die Staatsschützer einmischen sollten, geben Sie mir sofort Bescheid.

Vernünftig wäre es, einen Mann aus deren Reihen zu bestimmen, der den Kontakt zu uns hält, aber nicht zusammen mit uns ermittelt.»

Kriminalrat Keunitz blickte Kappe an. «Mensch Kappe, das kennen Sie doch! Die Oberverdachtschöpfer würden Sie nur in Ihrer Arbeit behindern. Lassen Sie die ruhig weiter Kommunisten jagen — mit Anschlägen haben wir mehr Erfahrung.»

Kappe presste die Lippen zusammen.

«Ich mache mir wegen der Kampfgruppe gegen Unmenschlichkeit Sorgen», warf Strattmann ein. «Die ist zwar '59 aufgelöst worden, aber was aus ihren ehemaligen Mitgliedern geworden ist, weiß niemand genau. Einige von ihnen werden in den Westen ausgereist sein, etliche haben bestimmt beim Bundesnachrichtendienst angeheuert, andere hat sich die CIA geschnappt. Aber was der Rest macht, weiß kein Mensch. Mir wird ganz anders, wenn ich mir vorstelle, was die aushecken könnten.»

«Mich beunruhigen mehr diese jungen NPD-Typen, die nach West-Berlin gekommen sein sollen», sagte Otto Kappe. «Ja, und dann noch diese beiden Kerle, offenkundig Profis.»

«Haben die Herren eine Idee, wie wir nun verfahren sollen?», wollte Kriminaldirektor Niederzier wissen.

«Ich halte es für das Beste, dass Otto Kappe die Leitung der Untersuchung übernimmt», erklärte Strattmann.

Der Oberkommissar erstarrte. Die Regierenden umgingen aus irgendwelchen Gründen den Staatsschutz. Gegen den zu arbeiten würde schon schwierig genug werden. Und ausgerechnet in diesem Fall soll ich die Ermittlungen leiten?, fragte er sich. Ausgerechnet ich, der sich von Politik immer ferngehalten hat? Von rechtsextremen Umtrieben hatte er keinen blassen Schimmer. Das konnte nicht gut gehen!

Natürlich wusste Otto Kappe, dass sich in seiner Stadt Vertreter aller möglichen politischen Richtungen tummelten, dass es hier ebenso fanatische Rechte wie fanatische Linke gab. Aber während seiner Arbeit in der Mordabteilung hatte er als grundsolider

Berliner Beamter sich für all das nicht interessiert. Er hatte alle Hände voll damit zu tun gehabt, der Unterwelt Paroli zu bieten. «Warum sollte ich das tun?», fragte Kappe nun laut.

Niederzier schob die Unterlippe vor und wiegte den Kopf hin und her. «Weil saubere Polizeiarbeit gefordert ist, von unseren besten Leuten.»

«Ich kenne mich in diesem Bereich der Kriminalität nicht aus», wehrte Kappe ab.

«Gewaltbereite Nazis sind Verbrecher wie andere auch. Otto, du musst das machen!», sagte Strattmann. Dann wandte er sich zum Kriminaldirektor. «Herr Kappe ist unsere erste Wahl. Ich bin gerne bereit, ihm den Rücken freizuhalten. Aber die Leitung sollte er übernehmen. Er ist erfahren, hat einen guten Instinkt, wird überall geschätzt, und er kann sich durchsetzen.»

«Das sehe ich auch so», meinte Kriminalrat Keunitz. «Er kann das.»

«Ich habe mir so etwas schon gedacht», entgegnete der Kripochef. «Also gut …»

«Nichts ist gut!», unterbrach Kappe ihn. «Ich habe nicht Ja gesagt. Wenn bei diesen Ermittlungen auch nur irgendetwas schiefläuft, fällt das auf mich zurück. Wenn ich Pech habe, kann ich anschließend im Tiergarten Streife gehen.»

«Egal, wer's machen würde», warf Strattmann ein, «jeder würde dieses Risiko eingehen. Auch ich. Bei mir wäre es sogar noch größer, weil alle Welt sagen würde, der ist mit dem Freifahrtschein der SPD an seinen Posten gelangt, und nun hat er Mist gebaut. Mich würden die nicht mal mehr Streifendienst versehen lassen!» Strattmann zündete sich eine Zigarette der Marke Overstolz an, ein Arbeiterkraut. «Es ist eigentlich ganz einfach, Otto. Berlin ist unsere Heimat. Und wir sorgen dafür, dass diese Halunken keine Verbrechen verüben. Wenn du die Leitung übernimmst, bin ich immer an deiner Seite.»

«Eines muss klar sein: Ausufernde Ermittlungen können wir uns nicht leisten, Fehlschläge erst recht nicht», warnte Niederzier.

«Also, Otto, was meinst du?», fragte Strattmann.

«In Ordnung», sagte Kappe widerwillig, «aber nur, weil ihr mich sonst nicht in Ruhe lasst.»

«Wen wollen Sie in Ihrer Gruppe haben?», erkundigte sich Niederzier sofort.

«Eduard Strattmann wird mein Stellvertreter. Natürlich brauche ich Hans-Gert Galgenberg, der an meine Art zu arbeiten gewöhnt ist und der mir einiges abnehmen kann. Außerdem möchte ich noch die Kriminalmeisterin Lilli Lenné von der Weiblichen Kriminalpolizei dabeihaben.»

«Warum die?», wollte Keunitz wissen.

«Weil ich meine, dass es gut ist, wenn jemand unser Team unterstützt, der die Kerle, mit denen wir es zu tun haben werden, aus einer anderen Perspektive betrachtet als wir. Sie hat oft genug bewiesen, dass sie mit ihrem guten Instinkt Ermittlungen voranbringen kann. Hat jemand hier etwas gegen die Kriminalmeisterin?»

Keiner sagte etwas.

«Außerdem sollten Gerhard Piossek und Günter Kynast dabei sein, die sind erfahren und enorm belastbar. Sie beherrschen ihre Arbeit aus dem Effeff. Kynast brennt außerdem vor Ehrgeiz, soweit ich das beurteilen kann. Jürgen Rückert ist leider noch in seinem wohlverdienten Urlaub. Aber wir werden noch jemanden brauchen, der nicht davor zurückscheut, etwas gröber vorzugehen. Da habe ich sofort an den Hauptwachtmeister Ludwig Bredow vom Revier in der Koloniestraße im Wedding gedacht. Den kann man als lebendes Lexikon der Berliner Polizeigeschichte bezeichnen. Frau Frieda Kessel wird den Schreibkram erledigen. Mit dieser Truppe würde ich gerne antreten. Ob das genügend Leute sind, weiß ich nicht.»

«Machen Sie sich deswegen keine Sorgen», sagte Keunitz. «Sie kriegen bei Bedarf, wen Sie brauchen.» Er schaute Kappe forschend an. «Aber der Bredow passt nicht in die Gruppe. Das sollten Sie sich noch einmal überlegen.»

«Ich habe mich entschieden», antwortete Otto Kappe. «Wir

brauchen jemanden, der die Berliner Polizei bestens kennt, auch die Verhältnisse vor '45.»

Der Hauptwachtmeister Ludwig Bredow zählte zu den sehr speziellen Köpfen in der Berliner Polizei. Er hatte als Polizei-hauptmeister die Endstufe des mittleren Dienstes erreicht und stand kurz vor der Pensionierung. Wie der 1946 als Kriegs-verbrecher verurteilte und gehängte SS-General Kurt Daluege war Bredow in Kreuzburg in Oberschlesien geboren worden. Vier Lebensjahre hatten die beiden voneinander getrennt. Daluege und Bredow lernten sich in der Wandervogel-Bewegung kennen. Daluege wurde Soldat, Ludwig Bredow wurde Werksfeuerwehr-mann. In den 1920ern zog Letzterer nach Berlin, bekam eine Anstellung bei den Vereinigten Chemischen Fabriken H. Temm-ler und wurde für den Werkschutz ausgebildet. Als Daluege 1934 Chef der Ordnungspolizei wurde, meldete sich Bredow bei ihm. Er wurde Polizist, merkte aber bald, auf was er sich eingelassen hatte. 1941 hatte er mit anderen den Abtransport Berliner Juden vom Bahnhof Berlin-Wannsee zu organisieren. Als sich heraus-stellte, dass sich in Ludwig Bredows Familienstammbuch nicht nur «Arier» befanden, sollte er rausgeworfen werden. Daluege hatte, wenn auch widerwillig, seine Hand über ihn gehalten. Ludwig Bredow hatte die NS-Zeit überlebt – und nichts vergessen.

Nach Ende des Kriegs hatte Bredow mit Gesinnungsgenossen die Stammbaumprüfer im Polizeiapparat ausfindig gemacht. Nie-mand von denen war ungeschoren davongekommen. Man handelte proletarisch direkt. Bredow, weiß Gott nicht mit breiten Schultern gesegnet, hatte eine Brachialität an den Tag gelegt, die ihm kaum jemand zugetraut hatte. Nach der Entnazifizierung – er war als Mitläufer eingestuft worden – hatte er sich wieder im Werkschutz versucht. Aber da es in der Nachkriegszeit allzu viele gegeben hat-te, die sich selbst der Nächste waren, und er praktisch nichts hatte tun können als zuzusehen, wie sich manche die Taschen füllten, hatte er bei der Berliner Polizei angeklopft – und Erfolg gehabt. Heute war Bredow ein schmaler älterer Mann mit Zähnen, die braun waren vom Zigarettenkonsum. Wer ihn aufmerksam studierte, bemerkte seine auffallend dicken Handgelenke und seine breiten Hände.

«Dann machen wir es so», entschied Niederzier. «Kommen Sie beide denn miteinander aus?», fragte er und schaute Kappe und Strattmann an.

Strattmann lachte. «Was glauben Sie denn? Wir beide haben zwar gemeinsam noch keine Verbrecher gejagt, aber dafür haben wir uns auf Polizeifesten im Olympiastadion zusammen ordentlich einen auf die Lampe gegossen.»

Den Rest des Tages verbrachte Otto Kappe damit, die neue Arbeitsgruppe einzuweisen. Ludwig Bredow hatte er bereits telefonisch zu erreichen versucht und die Bitte um einen Rückruf hinterlassen. Lilli Lenné, Hans-Gert Galgenberg und Günter Kynast wollten genau wissen, um was es gehe. Gerhard Piossek fragte nicht lange, sondern freute sich darüber, dass seine Erfahrungen gefragt waren.

«Da ist ein Polizeihauptmeister Bredow in der Leitung», sagte Frau Kessel kurze Zeit später zu Kappe. «Wollen Sie mit ihm sprechen, oder soll ich ihn abwimmeln?»

«Stellen Sie ihn bitte zu mir durch!»

«Tach, Otto!», schmetterte der Hauptwachtmeister aus dem Wedding in Kappes Ohr. «Wie geht's dem Onkel? Was machen seine Zipperlein?»

Otto Kappe musste unwillkürlich grinsen. Bredow hatte vor 26 Jahren mit seinem Onkel Hermann die Klingen gekreuzt, als es um einen vermissten Mann aus dem Fernmeldewesen gegangen war. Einige Zeit später hatten sie sich zufällig wiedergetroffen und Respekt voreinander entwickelt. Der inzwischen längst pensionierte Hermann Kappe gehörte zu den unvergessenen Kriminalisten, die ihr Handwerk noch unter dem legendären Ernst Gennat gelernt hatten.

«Die Zipperlein wachsen und gedeihen. Ein abendfüllendes

Thema, wird vom Onkel gern ausführlich beredet. Doch bis der zum Doktor geht, muss es schon ziemlich dicke kommen. Aber wem sag ich das!»

«Du wolltest mich sprechen?», fragte Bredow.

«Ja. Hast du Zeit, in den nächsten Wochen in einer Gruppe mit besonderem Auftrag zu arbeiten?»

«Eine Gruppe mit besonderem Auftrag? Hört sich zumindest interessant an», meinte Bredow. «Ich bin gern dabei.»

«Morgen treffen wir uns in der Gothaer Straße. So gegen neun. Du bist herzlich eingeladen. Lässt man dich denn so kurzfristig gehen?»

«Ach, das Revier ist froh, wenn ich mal nicht anwesend bin.»

«Ist's so schlimm?»

«Viele jüngere Kollegen haben eben andere Auffassungen als ich.»

«Also morgen um neun Uhr?», fragte Kappe, um nicht näher auf das Thema eingehen zu müssen.

«Ja, ich werde kommen.»

«Sag mal, ist dir in der letzten Zeit der Karl-Heinz untergekommen?»

«Du meinst deinen kriminellen Cousin?»

«Ja.»

Karl-Heinz Kappe, der zweite Sohn Hermann Kappes, war das schwarze Schaf der Familie, ein mit allen Wassern gewaschener Betrüger.

«Der ist unter anderem wieder im Kiesgeschäft tätig. Im Sommer ist er mal wieder auffällig geworden», erklärte Bredow. «Aber leider konnte ihm nichts nachgewiesen werden.»

«Was hat er sich zuschulden kommen lassen?»

«Das Übliche, mal wieder Betrug. Seine Laster werden auf eine Waage gefahren, nachdem sie mit Kies oder Sand beladen wurden. Wagen- oder Anhängergewicht werden von dem Gesamtgewicht abgezogen, sodass man das reine Materialgewicht erhält. Theoretisch. Wird das Gewicht des Lasters aber manipuliert, erhält der Kunde zu wenig Kies für sein Geld. Da kann über Wochen und Monate einiges zusammenkommen.»

«Dabei hat man ihn erwischt?»

«Seine Firma, ja – ihm persönlich war aber nichts nachzuweisen. Aber das ist sowieso nicht mehr sein Hauptgeschäft. Er kauft günstig alte Häuser auf, lässt sie abreißen und auf den Grundstücken dann moderne, teure Wohnungen entstehen. Karl-Heinz hat inzwischen mehrere Unternehmen, die bei diesem Geschäft mitmischen. Nach außen hin gibt er sich als untadeliger Unternehmer. Du würdest dich wundern, wer alles Geld in seine Geschäfte steckt.»

«Na, ich jedenfalls nicht.»

«Eben. Du gehst brav zur Sparkasse und lässt dir jeden Monat die Zinsen gutschreiben. Das ist ja auch vernünftig. Nur dauert es verdammt lange, bis du auf diese Weise reich wirst.»

«Woher weißt du, dass ich mich mit den Sparzinsen begnüge? Vielleicht sollte ich tatsächlich Karl-Heinz mein Geld anvertrauen, auch wenn der es auf nicht ganz seriöse Art vermehrt.»

Bredow lachte. «Ihr Kappe-Kommissare kriegt ja bereits Herzklabastern, wenn ihr nur daran denkt, mal vom Pfad der Tugend abzuweichen. Der benötigt dein Geld nicht, Otto! Der kennt genug Wohlhabende, die ihm ihre Kohle anvertrauen. Nebenbei: Karl-Heinz lässt gern etwas nachhelfen, wenn jemand partout nicht aus seiner alten Wohnung ausziehen will. Ich bin ziemlich sicher, dass wir in seinen Betonfundamenten einige Leute finden würden, die als vermisst gemeldet sind. Was willst du eigentlich von der trüben Tasse?»

«Demnächst mal mit ihr reden.»

«Ach so. Der Karl-Heinz wohnt immer noch in der Steglitzer Ahornstraße.»

Später saßen Otto Kappe und Eduard Strattmann zusammen. Die anderen Kollegen hatten sich bereits auf den Heimweg gemacht. Der Himmel über der Stadt hatte sich verdunkelt, und Regenwolken zogen von Südwest heran. Strattmann entnahm seiner Aktentasche zwei Flaschen Berliner Kindl, öffnete sie und bot Kappe eine an. Der bedankte sich. Beide tranken genüsslich.

«Glaubst du, was Voißel uns erzählt hat, stimmt?», fragte Strattmann.

«Nee», antwortete Kappe, «jedenfalls nicht zu hundert Prozent. Aber du kennst ihn besser. Spielt der mit offenen Karten?»

«Das glaube ich nicht. Der ist genauso ein Obergeheimer wie die anderen. Er hatte den Auftrag, uns auf die Gefährdungslage aufmerksam zu machen. Den Rest werden wir selbst herausfinden müssen.»

«Da stimme ich dir zu», erklärte Kappe. «Ich glaube, dass da irgendetwas vor sich geht, was schlimm enden könnte. Aber sucht der nicht auch den Kontakt zu den Westmächten, mit seinen Fakten und Vermutungen?»

Strattmann lachte. «Nee, nun sind wir dran. Willy Brandt hat es satt, ständig als Bittsteller vor den Alliierten zu stehen. Der sagt sich: Irgendwann müssen wir zeigen, dass wir uns selbst behelfen können. Und nun sind wir dran.» Er nahm einen großen Schluck aus seiner Bierflasche.

«Was sollten diese Burschen aus dem Rathaus bei der Besprechung?», wollte Kappe wissen.

«Politik», antwortete Eduard Strattmann. «Wenn du dich auf heikles Gelände begibst, musst du den Regierenden, den Innen- und den Justizsenator von vornherein einbinden.»

«Und warum werden die nicht unmittelbar von Voißel in Kenntnis gesetzt?»

«Dann wären unsere Oberen wiederum zu dicht an der Geschichte dran. Stell dir nur mal vor, es gibt einen Anschlag mit Todesopfern. Und es kommt heraus, dass ein Senator oder sogar der Regierende von Anfang an über diese drohende Gefahr informiert waren. Dann werden die dafür verantwortlich gemacht, dass sie nicht rechtzeitig eingegriffen haben. Also ist es besser, sie schicken nur ihre Jungs in eine solche Besprechung.»

«Das sind mir ja schöne Verhältnisse! Einer traut dem anderen nicht. Dabei seid ihr alle doch über eure Partei miteinander befreundet. Oder sehe ich das falsch?»

«Wenn Karrieren auf dem Spiel stehen, enden viele Freundschaften. Wirkliche Freundschaften kannst du an einer Hand abzählen.» Strattmann trank sein Bier aus.

«Ich weiß immer noch nicht, was ich von alledem halten soll. Ob die NPD-Anhänger auf Studenten der Freien Universität losgehen wollen? Falls es zu Krawallen kommt, sind wir gut beschäftigt. Auf den Staatsschutz können wir uns nicht verlassen, der hat nur die Linken im Visier. Weiß der überhaupt, was im rechten Milieu vor sich geht? Beunruhigt hat mich Voißels Frage nach der Bewachung unserer Politprominenz. Der wollte uns doch einen Floh ins Ohr setzen! Aber warum?»

«Der Voißel ist ein echter Schlapphut. Er ist ein Vertrauter Herbert Wehners, kommt sozusagen aus dessen Schule. Er hat eine deutliche Warnung ausgesprochen. Was wir daraus machen, ist unsere Sache.»

Otto Kappe verzog das Gesicht.

«Daran wirst du dich als Chef einer solchen Sonderermittlung gewöhnen müssen», sagte Strattmann, der Kappes Gesichtsausdruck richtig gedeutet hatte.

«Mal ganz direkt gefragt: Wollte Voißel uns auf ein mögliches Attentat aufmerksam machen? Ein Attentat auf wen? Auf euren Brandt?»

«Das ist auch dein Brandt, mein Lieber! Aber den kannst du streichen. Die Bundesregierung von Ludwig Erhard ist weg vom Fenster. Die CDU wird noch ein paar Tage mit dem bisherigen Koalitionspartner FDP herumwursteln, aber dann ist Schluss. Es soll bereits vertrauliche Sondierungen zwischen der CDU und der SPD gegeben haben. Willy Brandt wird der nächsten Bonner Regierung angehören. Mit anderen Worten: Er ist eigentlich schon gar nicht mehr in Berlin.»

Otto Kappe hatte in der Zeitung gelesen, dass der bisherige Bundeskanzler Ludwig Erhard zurückgetreten war, weil die FDP nicht bereit war, seine Vorstellungen vom nächsten Bundeshaushalt mitzutragen. Erhard wollte Steuern erhöhen, die FDP war strikt dagegen. Die CDU / CSU hatte den baden-württembergischen Ministerpräsidenten Kurt Georg Kiesinger als künftigen Bundeskanzler nominiert. Und der schien offen dafür zu sein, mit der FDP zu brechen und stattdessen mit der SPD zusammenzugehen. Hatte Strattmann also recht: Würde Brandt bald nach Bonn gehen? Kappe fragte seinen Kollegen: «Und was ist deine Rolle bei dieser Entwicklung?»

Eduard Strattmann lachte. «Wir halten Brandt in Berlin den Rücken frei. Und wir kümmern uns um seinen Nachfolger.»

«Wer soll ihn ersetzen?»

«Unser Innensenator, Pastor Albertz, wird Regierender Bürgermeister.»

«Und das ist jetzt schon klar?»

«Im Abgeordnetenhaus wird eine Mehrheit für ihn stehen.»

«Das weißt du schon vor der Wahl?»

«Ja, natürlich. Was denkst du denn!» Strattmann schien verblüfft über so viel Naivität. Doch er wollte dieses Thema offenbar nicht vertiefen. «Was tun wir als Nächstes?», fragte er Kappe.

«Ich werde meine Quellen in der Stadt bemühen, um herauszufinden, was los ist. Außerdem möchte ich die Adresse prüfen, die Voißel uns genannt hat. Alles andere sollten wir morgen besprechen.»

ZWEI
Donnerstag, 17. November 1966

DER REGEN schien nicht enden zu wollen. Der heutige Tag sah noch dunkler aus als der gestrige. Neugierig hatte Otto Kappe beim Frühstück die Wetterprognose für Bayern in der *Morgenpost* gelesen, aber auch dort sah es nicht berauschend aus. Am Abend würde 1860 München im Europapokal die Mannschaft von Real Madrid mit den Wunderstürmern Francisco Gento López und Amancio Amaro Varela – genannt *El Brujo*, der Hexer – empfangen.

Kappes Fußballerherz schlug für den standfesten Verteidiger Bernd Patzke bei den 60ern, einen echten Berliner Jungen, der beim Moabiter SC Minerva 93 gelernt hatte, die Fußballschuhe zu schnüren. Wie viele Insulaner war auch Kappe stolz auf jeden Berliner, der es draußen in der großen, weiten Welt zu etwas gebracht hatte. Zu seinem Stolz hatte sich jedoch Empörung gesellt, als der Junge aus Moabit im Sommer zwar im Kader der Nationalmannschaft gestanden hatte, die in England um die Weltmeisterschaft gespielt hatte, aber trotz bestechender Vorleistungen bei keinem einzigen Spiel berücksichtigt worden war. Das widersprach Kappes Vorstellung von Gerechtigkeit ganz und gar. Der aus Dresden stammende Trainer Helmut Schön schien um den Berliner einen Bogen zu machen. Umso wichtiger schien es Kappe, Patzke wenigstens beim heutigen Spiel die Daumen zu drücken. Hans-Gert Galgenberg hatte die ehrenvolle Aufgabe übernommen, einen Fernsehabend zu organisieren.

Kappe zog sich an diesem Novembertag trotz beginnender Berliner Kälte nur eine sandfarbene Windjacke mit dunklem Stehkragen über seinen grauen Rollkragenpullover. Dazu trug er eine schwarze Stoffmütze, eine schwarze Tuchhose mit scharfem Kniff und blanke schwarze Halbschuhe. Seit einiger Zeit gefiel er sich in sportlicher Kleidung. Das unterschied ihn von manchen Kollegen, die wie schon zu Kaisers Zeiten in ihren grauen, schwarzen oder braunen Anzügen zur Arbeit trabten, mit weißem Hemd und einem dunklen Filzhut auf dem Kopf.

Hans-Gert Galgenberg meldete an diesem Morgen Vollzug. Er hatte eine Kneipe mit ausreichend Platz gefunden, sodass die Fußballanhänger unter den Kriminalbeamten abends Patzke und seine 60er anfeuern konnten. Kappe bedankte sich, sah seine Post durch und notierte sich einiges in seine in schwarzes Wachstuch eingeschlagene Kladde. Anschließend machte er sich auf in den Besprechungsraum, in dem der Verfassungsschützer Hans Josef Voißel einen Tag zuvor seinen Vortrag gehalten hatte. Dort könne Kappes Gruppe fortan zusammenkommen, hatte Kriminalrat Friedhelm Keunitz erklärt.

Vor die Fotografien der teils müde, teils neugierig dreinblickenden Innensenatoren war ein langer Tisch geschoben worden, auf dem Akten und Beweismittel abgelegt werden konnten. Frieda Kessel und Galgenberg waren gerade dabei, eine Kaffeekanne, Tassen, Milch und eine Zuckerdose auf den Tisch zu stellen, als Kappe den Raum betrat. «Was? Gibt's keinen Kuchen?», wollte er wissen.

«Ach», sagte Galgenberg, «och noch Wünsche, wa! Cognac jefällig, Schinkenröllchen und Obstsalat?»

Kappe verstand den Wink, zückte die Geldbörse, zog einen blauen Zehnmarkschein hervor und legte ihn auf den Tisch. «Für Kaffee und Sahne», erklärte er, blickte auf den Schein und schüttelte den Kopf. «Warum die auf einen Geldschein einen jungen Mann mit Lockenkopf drucken, der nichts tut, als in die Gegend zu starren, begreif ich nicht. Warum keinen strammen Wachtmeister mit Tschako und Koppel?» Er wandte sich zu Frau Kessel. «Verstehen Sie das?»

«Nein, Herr Kappe, das muss man auch nicht verstehen. Man muss ja lediglich damit bezahlen.»

Währenddessen trudelte der Rest der Gruppe ein.

«Ich freue mich, dass Sie alle da sind.» Otto Kappe begrüßte die Anwesenden, nachdem alle Platz genommen hatten. «Ab heute gehören Sie, laut einer Entscheidung des Herrn Kriminaldirektors Niederzier, einer von Eduard Strattmann und mir geleiteten Arbeitsgruppe an. Diese Arbeitsgruppe hat den offiziellen Auftrag, alte Fälle aufzuarbeiten. Und einen zweiten, inoffiziellen Auftrag.» Anschließend berichtete er über die gestrige Sitzung. Dann legte er eine Pause ein, die von den Zuhörern genutzt wurde, um sich Kaffee einzuschenken oder sich eine Zigarette anzustecken.

Kappe stand auf, um ein Fenster zu öffnen. «Sie haben verstanden, um was es geht. Die meisten von uns haben schon öfter zusammengearbeitet, nur Kommissar Strattmann und Hauptwachtmeister Bredow aus dem Wedding kommen neu hinzu. Wir werden beide benötigen.» Kappe schaute sich seine Leute aufmerksam an. Er hatte eine rege Diskussion oder jedenfalls Fragen erwartet, doch alle schwiegen.

Schließlich ergriff Eduard Strattmann das Wort. «Leider hat offenbar jemand, der auf der gestrigen Versammlung war, geplaudert. Der deutsche Dienst der amerikanischen Nachrichtenagentur UPI meldete vor wenigen Minuten, dass deutsche Geheimdienstkreise mit einem Anschlag in Berlin rechnen. Die Berliner Polizei und der Staatsschutz seien informiert. Es würden Gegenmaßnahmen vorbereitet.» Er wartete einen Augenblick, dann sagte er: «Tut mir leid, Otto, aber damit hat niemand gerechnet.»

Kappe hatte sich wieder gesetzt. Nach kurzer Zeit des Nachdenkens sagte er: «Da kann man nichts machen. Wir bleiben bei der Linie, die wir besprochen haben.» Er schaute Strattmann an, der nickte. «Frau Kessel ist für die Aufbewahrung aller Unterlagen und Beweismittel, für Termine, Besprechungen, Räume und alles, was es sonst noch an Organisatorischem gibt, zuständig.» Kappe blickte sich um. «Gerhard Piossek wird sich die Kampfgruppe gegen Unmenschlichkeit vornehmen und herausfinden, was aus ihren ehemaligen Mitgliedern geworden ist. Herr Strattmann wird sich um die Berliner Rechtsradikalen kümmern. Wer führt bei denen das Wort, wer besorgt das Geld, wo treffen sie sich, mit wem sind sie verbündet? Herr Bredow hält sich bereit. Fräulein Lenné soll bitte alles, was an Informationen zusammengetragen wird, mit ihrem genauen und kritischen Blick prüfen. Hans-Gert Galgenberg wird mir wie immer zur Seite stehen und für Abstimmung zwischen mir und Herrn Strattmann sorgen. Ich selbst werde vorerst einige Befragungen vornehmen.» Er räusperte sich. «Die letzte wichtige Aufgabe fällt Herrn Kynast zu. Er wird die Melderegister der letzten sechs Monate nach den Namen der beiden Männer durchforsten, die uns Herr Voißel genannt hat.» Otto Kappe schaute in die Runde. In den Gesichtern glaubte er, Zuversicht zu entdecken. «Noch mutmaßen wir nur, dass ein Anschlag geplant ist», fuhr er fort. «Aber aus dieser Mutmaßung kann schnell böse Realität werden.»

«Was ist mit dem Staatsschutz?», wollte Galgenberg wissen. «Wird der uns nicht in die Quere kommen?»

«Gute Frage!», sagte Strattmann. «Wir sind der Meinung», er nickte zu Otto Kappe hinüber, «wir sollten es ohne den Staatsschutz versuchen, wollen aber einen Kontaktmann. Man hat uns drei Vorschläge gemacht: Herrn Schiltken …»

«Von dem würde ich abraten!», unterbrach ihn Bredow. «Ich bezweifle, dass der mit uns zusammenarbeiten kann. Der passt auf einen Kasernenhof, unsere Arbeitsweise würde ihn überfordern.»

«Zweitens wurde ein Herr Hauptwachtmeister Karl-Heinz Kurras vorgeschlagen», fuhr Strattmann fort.

«Wer hat diesen Vorschlag unterbreitet?», mischte sich nun Gerhard Piossek ein.

«Das weiß ich nicht», antwortete Strattmann. «Kennen Sie den?»

«Ja», sagte Piossek. «Otto, der Kerl wäre bei uns völlig fehl

36

am Platz. Ein kleinkarierter Besserwisser. Kam aus der SBZ, 1955 ist er in die Berliner Polizei eingetreten, dann in der Charlottenburger Kripo aufgestiegen, später ist er zum Staatsschutz gewechselt. Alles im Schnelldurchgang. Der passt auch nicht zu uns.»

«Nein, ein Hauptwachtmeister aus dem Staatsschutz ist keine gute Wahl», pflichtete Kappe Piossek bei. «Der hat nichts zu sagen und muss sich für alles erst eine Genehmigung einholen. Das würde uns nur aufhalten, das hat überhaupt keinen Zweck.»

«Schließlich bleibt noch der Herr Maischonnek übrig», fuhr Strattmann fort. «Der gefällt mir nun wiederum nicht.»

«Dann werden wir den Staatsschutz nur hinzuziehen», erklärte Kappe, «wenn wir alleine nicht mehr weiterkommen. Sollte sich jemand darüber beschweren, musst du deine Kontakte spielen lassen, Eduard, dann wird das eben auf politischer Ebene gelöst.» Kappe schaute sich um. «Na dann, an die Arbeit!»

In seinem Dienstzimmer suchte Otto Kappe das Papier mit der Anschrift von Pretzkys früherer Wohnung, konnte es aber nirgends finden. «Hast du den Zettel mit der Adresse in der Waldemarstraße gesehen?», erkundigte er sich deshalb bei Hans-Gert Galgenberg.

«Watt für'n Zettel?», fragte der.

«Na, der mit der Anschrift, wo dieser Pretzky gewohnt hat.»

«Der is in der Aktenmappe für die Ermittlungsergebnisse.»

«Pretzky soll bei einer Person namens Schubert gewohnt haben. Hat jemand den oder die Schubert überprüft?»

«Det hat Fräulein Lenné getan», erwiderte Galgenberg. «Det Ergebnis müsste ooch in der Mappe liegen.»

«Und wo finde ich diese Mappe? Auf meinem Schreibtisch ist sie nicht.»

«Die Mappe habe ich», mischte sich Frieda Kessel ein. «Die liegt bei mir, weil ständig jemand Material hineinlegt. So werden Sie nicht fortwährend gestört.»

Kappe murrte, trat an Frau Kessels Schreibtisch, nickte ihr zu und nahm die Mappe mit.

«Krieg ich aber bitte wieder, ja?», rief seine Sekretärin ihm nach.

Kappe fand ein säuberlich beschriebenes Papier mit Angaben über eine gewisse Frau Else Schubert. Sie war 1909 in Rosenberg in Oberschlesien geboren und hatte das Gärtnerhandwerk erlernt. 1932 hatte sie einen Unteroffizier namens Konrad Pauss aus Breslau geheiratet, der seit dem Krieg verschollen war. Frau Schubert war Mitglied in der NS-Frauenschaft gewesen. 1934 hatte sie Sieglinde und 1935 Hermann Pauss zur Welt gebracht. 1946 war sie nach Berlin in die Waldemarstraße übergesiedelt. Ihre Tochter lebte in der DDR, war verheiratet und hatte keinen Kontakt zur Mutter. Der Sohn arbeitete als Lackierer für Daimler-Benz und besuchte Else Schubert mehrere Male im Jahr.

«Woher stammen diese Angaben?», wollte Kappe von Lilli Lenné wissen.

«Zwei Anrufe in der Bezirksverwaltung Kreuzberg», antwortete die Kriminalmeisterin. «Frau Schubert hat schweres Rheuma, ist nicht voll arbeitsfähig und erhält als Kriegerwitwe eine Rente. Wollen Sie mit ihr reden?»

«Ja, ich will wissen, ob sie noch Kontakt zu Pretzky hat oder zumindest in den letzten Jahren etwas von ihm gehört hat.» Da Kappe wusste, dass er in den nächsten Wochen endlos lange am Schreibtisch sitzen würde, um Berichte zu studieren, zu telefonieren und Anweisungen zu geben, wollte er jetzt jede Möglichkeit nutzen, um rauszukommen.

Er ließ sich von einem Wagen der Bereitschaftspolizei Richtung Anhalter Bahnhof kutschieren. In der Stresemannstraße stieg er aus, ging schnellen Schrittes durch die Anhalter Straße zur Kochstraße, schaute kurz am Checkpoint Charlie vorbei, der weitgehend verlassen dalag, und lief von dort aus an der Alten Jakobstraße vorbei, dann durch die Stallschreiberstraße zum Moritzplatz. Die Stallschreiberstraße mit Häusern auf der

Westseite und der Mauer auf der anderen Seite bildete einen engen, ruhigen Durchgang. Ein tapferer US-Sergeant namens Hans-Werner Pool war vor zwei Jahren unter dem Kugelhagel von DDR-Grenzschützern über die Mauer gestiegen, um den von acht Schüssen getroffenen und mit dem Tod ringenden Flüchtling Michael Meyer zu bergen. Kappe hatte sich damals zufällig in der Gegend um den Checkpoint Charlie aufgehalten und war Zeuge des Dramas geworden. Sergeant und Flüchtling hatten überlebt.

An der Ecke Oranienstraße / Luckauer Straße blieb Kappe stehen. Es war eine heruntergekommene Gegend. Narbige Häuserfassaden mit vom Regen zerfressenem Putz. Von besseren Zeiten zeugten verwaschene Werbeschriften auf Mauern: *Glücksmilch* und *Meierei-Zentrale*. Wer nur die Glitzerwelt von Kudamm und Kantstraße kannte, hätte denken können, sich in einem anderen Land zu befinden. Langsam schritt er zum Oranienplatz. Vor einem Lebensmittelgeschäft überlegte er, ob er sich eine Schrippe mit Sülzwurst belegen lassen sollte, verzichtete aber darauf, als er die aufgeschnittenen Würste in der Theke erblickte, die ihn geradezu anzustarren schienen. Dafür kaufte er bei Leydicke in der Mansteinstraße Persico, Sauerkirschlikör. Er ließ die Flasche aus schwarzem Glas in Papier einwickeln und stopfte sie in seine Manteltasche.

Als er wieder auf der Straße stand, marschierte er den Legiendamm in östlicher Richtung entlang, bis er auf die Waldemarstraße stieß. Er schaute auf die Sankt-Michael-Kirche hinter der Mauer. Der Erzengel Michael an der Westspitze des Kirchenschiffs fehlte seit einem Bombenangriff im Krieg. Zwischen dem «antifaschistischen Schutzwall» und der Kirche war ein Wachturm errichtet worden, auf dem Kappe einen Soldaten entdeckte – klein wie eine Spielzeugfigur. Gewiss hatte der ihn mit seinem Fernglas vom VEB Carl Zeiss Jena bereits erfasst. Und hinter seinem Rücken hatte der Staatsschutz ihn vermutlich ebenfalls längst im Visier, allerdings mit einem Gerät *made in West Germany*, nämlich von der Firma Carl Zeiss in Oberkochen.

Er blieb vor einem vier Stockwerke hohen Haus an der Ecke Waldemarstraße / Adalbertstraße stehen, von dessen Fassade die Farbe abblätterte. Die Eingangsstufen waren abgetreten. Er suchte auf den Klingelschildern nach dem Namen Schubert.

«Zu wem wollen Sie?», fragte eine ältere Frau, die plötzlich neben ihm aufgetaucht war.

«Zu Schubert.»

«Zweiter Stock», erklärte die Frau. «Klingeln Sie länger, damit Else auch aufmacht!»

Einige Zeit später summte der Türöffner. Langsam stieg Kappe die Treppe empor. Schließlich stand er vor Else Schubert. «Mein Name ist Kappe. Ich bin Oberkommissar bei der Kripo. Ich habe einige Fragen zu einem Ihrer früheren Untermieter.»

Die Frau musterte ihn misstrauisch. Über ihr Kleid hatte sie eine helle Schürze gebunden, hinter der sie ihre Hände verbarg. Ihre welligen braunen Haare waren von grauen Strähnen durchzogen. Kappe rechnete schon damit, dass sie ihn abweisen würde, als sie schließlich sagte: «Kommen Sie rein!»

Die Wohnung war so dunkel, dass bereits zu dieser Uhrzeit das Licht brannte. Es roch nach Kaffee. Frau Schubert ging voraus in die Küche und bat Otto Kappe sich zu setzen. Der schaute sich die Einrichtung genauer an: vom Krieg verschont gebliebener Arbeiterbarock aus Kiefernholz mit nachgedunkeltem Furnier.

«Darf ich wissen, wovon Sie leben, Frau Schubert?»

«Ich bin Kriegerwitwe und bekomme eine Rente.»

«Das ist sicher nicht viel.»

«Nee, die reicht hinten und vorne nicht. Deshalb gehe ich putzen.»

Kappe zog die Flasche Persico aus seiner Manteltasche. «Für kalte Winterabende.»

«Das ist doch nicht nötig, Herr Kommissar. Aber gegen die Kälte am Abend genau das Richtige.» Sie nahm die Flasche in beide Hände und hielt sie sich vor die Augen. «So etwas Leckeres haben wir früher getrunken, wenn wir tanzen gingen.»

Otto Kappe konnte den Zehner verkraften. Mit Orts- und Alterszuschlag kam er auf gut 1300 D-Mark brutto im Monat, und Gertrud brachte es als Kontokorrentbuchhalterin bei Sarotti auf 700 D-Mark. Es ging ihnen gut – so gut, dass er seiner Frau zu Weihnachten einen Urlaub auf Mallorca schenken wollte. Davon konnte die magere Else Schubert nur träumen. Er hätte sie gern nach der Höhe ihrer Witwenrente gefragt, aber weil er annahm, sie würde sich wegen ihrer geringen Bezüge schämen, unterließ er es. «Haben Sie die Höhe Ihrer Rente schon mal überprüfen lassen?», fragte er.

«Hab ich schon alles versucht. Aber es ist nichts dabei herausgekommen. Wir müssten den Politikern in Bonn mal ordentlich Feuer unterm Hintern machen.» Sie schaute Kappe erschrocken an. «Entschuldigen Sie, das ist mir so rausgerutscht!»

«Ich kann Sie verstehen», entgegnete Kappe. Er erinnerte sich, dass er in der Zeitung etwas über Proteste der Kriegsopfer und ihrer Hinterbliebenen gelesen hatte: *Sturm auf die Bonner Staatskasse.* Die Regierung hatte die Forderung zurückgewiesen, eine Milliarde Mark für Rentenerhöhungen zur Verfügung zu stellen. Ihm fiel ein, dass sein Vater Oskar früher spöttisch gesagt hatte: «Der Rock des Beamten ist eng, aber warm.» Er schob den Gedanken beiseite und fragte die Frau: «Wer wohnt noch in diesem Haus?»

«Noch zwei Witwen. Und vor Kurzem ist eine türkische Familie eingezogen. Manchmal ist die ziemlich laut, aber es sind anständige Leute. Grüßen freundlich und halten ihr Stück Treppe sehr sauber. Dann noch zwei junge Paare, ein alleinstehender Herr, der Autos verkauft, und ein alter Herr, der Alteisen sammelt.»

«Frau Schubert, kennen Sie diesen Mann?» Kappe zeigte ihr das Foto von Pretzky.

Die Frau kniff die Augen zusammen. Dann schwieg sie, als wollte sie sich sammeln. «Ja, der hat eine Zeit lang in meinem hinteren Zimmer gewohnt», sagte sie schließlich. «Die vierzig Mark Miete hat er pünktlich bezahlt. Das war von Anfang '49 bis

Frühjahr '51.» Sie überlegte. «Im Frühjahr 1951 ist er plötzlich verschwunden. Er war oft in der Stadt unterwegs. Manchmal blieb er einige Tage fort. Was ist mit ihm? Ist er tot?», fragte sie mit eigentümlich flacher Stimme.

«Nein, tot ist er nicht. Können Sie sich noch an seinen Namen erinnern?»

«Er heißt August Pretzky.»

«Wissen Sie, ob er einem Beruf nachging?»

«Er war Soldat. Nach dem Krieg hat er sich mit Gelegenheitsarbeiten durchgeschlagen. Hat er etwas verbrochen?»

«Wir suchen ihn, weil wir mit ihm sprechen müssen. Gab es etwas Auffälliges an ihm?»

Sie zögerte. «Das ist schon so lange her.» Sie dachte nach. «Nein, eigentlich nicht ... Nur seine auffällig schiefe Nase, die wurde ihm im Krieg gebrochen. Er konnte sehr lustig sein, er brachte mich oft zum Lachen.»

«Hat er sich mit Freunden oder Kollegen getroffen?»

«Manchmal brachte er Männer mit, Kameraden, wie er sagte. Die verzogen sich immer schnell in sein Zimmer. Sonst weiß ich nichts», sagte sie.

«Kameraden? Kriegskameraden?»

«Das nehme ich an.»

«Erinnern Sie sich an den einen oder anderen?»

«Nein, das ist zu lange her.»

«Haben Sie das Zimmer anschließend wieder vermietet?»

«Ja, fast durchgehend. '57 habe ich es frisch streichen lassen und neue Möbel hineingestellt. Anderenfalls wäre es schwierig geworden, einen Mieter zu finden.»

«Haben Sie das Zimmer immer nur an Männer vermietet?»

«Nein, hin und wieder auch an eine Frau. Aber das endete über kurz oder lang stets mit einem Rausschmiss.»

«Männergeschichten?», fragte Kappe.

«Richtig», antwortete die Frau.

«Haben Sie Pretzky später noch mal gesehen?»

«Nein.»

«Da sind Sie sich sicher?»

«Ja.»

«Sollte sich Pretzky bei Ihnen melden, würden Sie uns dann bitte Bescheid sagen? Ich gebe Ihnen meine Anschrift. Haben Sie ein Telefon? Nein? Können Sie hier irgendwo telefonieren?»

Else Schubert wirkte plötzlich verlegen. Das machte Kappe stutzig. «Hat sich Herr Pretzky vielleicht in letzter Zeit bei Ihnen gemeldet?»

Die Frau setzte sich auf einen Stuhl und begann zu weinen.

Kappe ließ ihr Zeit und hakte dann nach: «Hat Pretzky angekündigt, Sie zu besuchen?»

Sie nickte.

«Was wollte er von Ihnen?»

«Er wollte wissen, ob sein altes Zimmer frei sei. Und ob er es eventuell mieten könne.»

«Wollte er es sofort mieten?»

«Nein, er wollte nur vorsichtshalber fragen, sagte er.»

«Wie hat er Sie kontaktiert?»

«Er hat einen jungen Burschen vorbeigeschickt, einen blonden schlanken Kerl.»

«Was haben Sie ihm geantwortet?»

«Dass ich mit ihm nichts mehr zu tun haben will und mit den früheren Zeiten abgeschlossen habe.»

Jetzt wurde Kappe erst recht stutzig. Er musterte die Frau. Etwas stimmte da nicht. «Hat Pretzky damals etwas zurückgelassen?», fragte er schließlich.

«Ja, Kleider und Schuhe. Die Sachen habe ich später verkauft.»

«Sonst nichts?»

«Nicht, dass ich wüsste …»

Kappe, der bereits aufstehen wollte, um sich zu verabschieden, setzte sich wieder. «Nicht, dass ich wüsste …» Ein klares Nein klang anders. Im Laufe seiner Jahre als Kriminalbeamter hatte Kappe gelernt, auf jedes Wort zu achten. Plötzlich wusste er, dass Frau Schubert ihm irgendwas verschwieg. «Sie haben Ihren Mädchennamen wieder angenommen. Sie wollten den Namen Pauss nicht mehr tragen. Warum?»

Else Schubert sagte nichts. Sie drehte den Kopf nach links und schaute über ihre Schulter zum Küchenfenster mit seinen erbärmlichen Gardinen. Es gab den Blick frei auf die Wand des gegenüberliegenden Hauses.

Kappe wartete. «Darf ich mal sehen, was Pretzky zurückgelassen hat?», fragte er dann leise.

Frau Schubert verließ die Küche und trat in den Flur. Von seinem Platz aus konnte Otto Kappe sehen, wie sie die Tür eines Schranks öffnete, sich in die Höhe reckte, Wäschestücke hochhob, einen Holzkasten hervorzog und ihn herunterholte. «Das ist es», sagte sie, als sie wieder zurückkam und Kappe den hölzernen Kasten gab, der etwas größer war als eine Zigarrenkiste, mit Scharnieren an der Rückseite und einem Schlüsselloch auf der Vorderseite. «Den Schlüssel habe ich nicht. Herr Pretzky ist damals in großer Eile abgereist. Sonst hätte er das vermutlich mitgenommen.»

«Er hatte damals großes Vertrauen zu Ihnen, oder?»

«Ich möchte nicht darüber reden», antwortete Frau Schubert kraftlos.

«Hat er Sie zu etwas gezwungen?»

Frau Schubert schwieg, sie biss sich auf die Unterlippe, ihr Kinn bebte.

«Ihrem verstorbenen Mann hätte das sicher nicht gefallen?», fragte Kappe leise.

«Nein, Konrad hätte das nicht gefallen. Es wurde getrunken, und ich habe mitgetrunken. Ich war allein mit den Kindern, hatte sonst niemanden. Ich konnte mich mal wieder an einen Mann anlehnen. Bei anderen Frauen kam der Mann nach einer Zeit wieder zurück, bei mir nicht. Ich möchte nicht weiter darüber reden.» Die Frau wischte sich über die Augen und schnäuzte sich.

«Ich verstehe. Wann ist Pretzky abgereist? Können Sie mir ein genaues Datum nennen?»

«Das ist zu lange her.»

Kappe spürte, dass sie nicht mehr wusste. «Am besten ist es, ich lasse den Kasten untersuchen.» Er wandte sich zum Gehen, hielt aber noch einmal inne. «Frau Schubert, wo gehen Sie putzen?»

«Am Rüdesheimer Platz. Ist das wichtig?»

«Nein, das ist es nicht. Ein ganz schönes Stück von hier aus.»

«Wem sagen Sie das!»

Kappe klemmte den Kasten unter den Arm und verabschiedete sich. Nachdenklich ging er zum Kottbusser Tor, um von dort aus mit der U-Bahn zurückzufahren. Er stieg am Nollendorfplatz aus und spazierte zum Winterfeldtplatz. Dort suchte er sich eine Kneipe, bestellte sich eine Bockwurst mit Kartoffelsalat und trank dazu ein Bier. Der Besuch bei Frau Schubert nahm seine Gedanken so sehr ein, dass er sich nicht recht aufs Essen konzentrieren konnte und einen Ärmel seiner Windjacke mit Kartoffelsalat bekleckerte. Auf der Toilette versuchte er, den Fleck so gut wie möglich zu beseitigen, bezahlte dann und ließ den Rest des Essens stehen. Weil er missgelaunt war und seine Gedanken ordnen wollte, nahm er nicht den kürzesten Weg zur Kripo, sondern lief über die Hohenstaufen- und die Münchener Straße zurück zur Gothaer Straße.

Als Otto Kappe das Büro betrat, hob Frieda Kessel kurz den Kopf und sagte: «Sitzen allesamt im Besprechungsraum, Chef. Die warten auf Sie.»

Erstaunt eilte Otto Kappe zu seinen Kollegen. Zu seiner Überraschung war auch sein Onkel Hermann anwesend, er saß neben Eduard Strattmann.

«Was machst du denn hier?»

Ludwig Bredow entgegnete an Hermann Kappes Stelle: «Ich habe deinen Onkel angerufen und ihn um Hilfe gebeten. Er weiß eine Menge über die Kampfgruppe. Was hast du denn da unter den Arm geklemmt? Sieht ja aus wie ein Kasten für Omas Halsketten und Broschen.»

Otto Kappe ignorierte Bredows Frage. «Kriegt jemand von euch diesen Kasten auf, ohne ihn in seine Einzelteile zu zerlegen?»

Günter Kynast nahm ihm wortlos die Kiste ab und schaute sich das Schloss an. «Billiges Modell!», spottete er. Er spannte beide Arme an und drückte mit den Händen gleichzeitig zwei gegenüberliegende Ecken nach unten. Es knackte. Dann schlug er mit der Faust einmal leicht auf den Deckel. Der klappte auf. Die Gruppe hatte ihm verblüfft zugeschaut. «So macht man das», sagte er. « Woher haben Sie dieses Spielzeug, Chef?»

«Den Kasten hat mir Frau Schubert, die ehemalige Vermieterin von Pretzky, gegeben. Er hat Pretzky gehört.»

Hans-Gert Galgenberg pfiff durch die Zähne.

Kappe griff in die Kiste, um deren Inhalt auf dem Tisch auszubreiten: einen Füllfederhalter der Marke Faber-Castell, einige Fotografien, einen Packen Zeitungsausschnitte und ein Papier, das Pretzkys Entlassung aus einem Kriegsgefangenenlager bei Landau in der Pfalz bestätigte. Bei den Zeitungsausschnitten handelte es sich um Berichte über die Kampfgruppe gegen Unmenschlichkeit.

«Det is allet?», ließ sich Galgenberg vernehmen.

«Was hast du erwartet, den detaillierten Plan für ein Attentat?» Kappe drehte sich zu Gerhard Piossek. «Schaust du dir bitte die Zeitungsberichte genauer an?».

Bei den Fotos handelte es sich um Schwarz-Weiß-Aufnahmen. Die meisten waren offenkundig während des Kriegs geschossen worden. Infanterie auf gepanzerten Fahrzeugen. Soldaten, die in die Kamera starrten. Ein Bild zeigte Soldaten mit Karabinern, die Gefangene mit erhobenen Armen irgendwohin führten. Auf einem anderen war ein brennendes Dorf zu sehen. Dann kam ein Foto, auf dem nur eine Hauswand abgelichtet war, auf der groß der Buchstabe F stand.

«Das F steht für Freiheit», sagte Hermann Kappe. «Dieses

Zeichen hat die Kampfgruppe seinerzeit tausendfach in der SBZ auf Wände gemalt.»

Ein weiteres Bild zeigte einen Mann, der auf einer Tribüne stand und offenbar eine Rede hielt. Davor eine Reihe weißer Gesichter.

«Das ist Rainer Hildebrandt, einer der Gründer der Kampfgruppe», erklärte Piossek. «Er ist später ausgestiegen.»

Ein letztes Foto zeigte eine Gruppe von Menschen – sieben Männer und zwei Frauen. Otto Kappe guckte es sich genauer an. Im Hintergrund konnte er eine Straße erkennen, die von mehrstöckigen Häusern gesäumt wurde. Eine Lücke fiel ihm auf, die offenbar ein zerstörtes Haus verursacht hatte. Daneben befand sich ein leer und trist wirkendes Ladenlokal, auf dessen Wand eine verblasste Maggi-Werbung zu sehen war. Rechts waren belaubte Zweige zu erkennen. Otto Kappe tippte auf einen der Männer. «Das ist Pretzky», stellte er fest. «Eindeutig. Es ist derselbe Kerl, den uns Voißel auf einem Foto gezeigt hat. Die schiefe Nase hat er sich durch einen Bruch im Krieg geholt, erzählte Frau Schubert.» Der Mann auf dem Bild trug eine kurze Fliegerjacke mit Achselklappen. Auf seinem Kopf hatte er ein Schiffchen ohne Abzeichen. Eine Frau, die offenbar ein wenig größer als Pretzky war, lehnte sich an ihn. Er hatte einen Arm um ihre Schulter gelegt. Die Frau schaute unbeteiligt, während Pretzky wie ein verliebtes Kalb lächelte. «Und das ist die Schubert.»

Neben den beiden stand ein verkniffen dreinblickender älterer Mann. Dem folgte ein schmaler, blasser Kerl, der eine trotzige Miene aufgesetzt hatte. Ein wenig entfernt eine Frau, deren Gesichtsausdruck Kappe nicht zu deuten vermochte. Rechts von ihr ein wuchtiger Mann, der so in Richtung des Fotografen schaute, als wolle er sagen: Wie lange dauert das denn hier noch? Er trug als Einziger einen Hut. Vor all denen saßen drei Männer mit gekreuzten Beinen auf dem Boden, die Arme jeweils um die Schulter des Nachbarn gelegt.

Otto Kappe drehte das Bild um und prüfte, ob auf der Rückseite eine Beschriftung zu finden war. Nichts. «Weißt du, wer das ist?», fragte er seinen Onkel.

Der beugte sich über das Foto und kräuselte die Stirn. Er deutete auf den Hutträger. «Das ist William King Harvey, der Chef der CIA für Operationen in Berlin. Hat der KgU einige Jahre Geld zukommen lassen und seine Hand über die Gruppe gehalten. Ab 1952 hat der für zehn Jahre die Stadt unsicher gemacht. Und dieser Zwerg da ...», er zeigte auf den mittleren der drei Männer, die auf dem Boden saßen, «... der heißt Axel Neumann und ist heute Bauunternehmer.»

«Ist das sicher?», wollte sein Neffe wissen.

«Wie ein Amen in der Kirche!»

«Und der Rest?»

«Der abweisend blickende Kerl ist Erich von Sivers», erklärte Bredow grimmig, «ein ehemaliger SS-Mann. Ein ganz schlimmer Finger. Hat im Westen für den Kampfbund gegen Unmenschlichkeit gearbeitet. Wo der abgeblieben ist, weiß ich nicht.» Er ergriff das Foto. «Noch mal der Reihe nach: Das ist, wie du meinst, der Pretzky mit seiner Zimmerwirtin. Dann haben wir den Sivers. Neben ihm steht ...» Bredow kniff ein Auge zusammen, schüttelte dann aber den Kopf. «Die Frau ist mir nicht bekannt», sagte er.

«Das ist die Rathstein, eine Professorin, war eine große Nummer in der Kampfgruppe», half Piossek aus. «Ich wette darauf, dass der blasse Jüngling Maischonnek ist, der heute im Staatsschutz sitzt. Der andere Jüngling heißt Siegfried Perkel. Den müsstet ihr kennen. Ist heute Direktor im Bausenat. Mit dem rechts neben Neumann kann ich nichts anfangen.»

«Du kennst dich ja gut aus!», stellte Otto Kappe fest.

Piossek erklärte, dass er während der Nachkriegsjahre auf die Kampfgruppe aufmerksam geworden sei. Er habe sich über sie informiert, weil er sich überlegt hatte, ob er sich bei der engagieren solle. Verboten sei sie ja nicht gewesen. Die Kampfgruppe gegen Unmenschlichkeit sei schließlich die einzige Gruppierung

48

gewesen, die etwas Handfestes gegen Ulbricht und seine Genossen unternommen habe. Aber der Umgangston war ihm zu kriegerisch, die Denkweise zu dumpf, die Methoden zu fragwürdig gewesen. «Aber daher ist mir die Rathstein bekannt», sagte er. «Im Übrigen landete so mancher der damaligen Mitglieder auf einer wichtigen Position. Heinz Wiechmann zum Beispiel, der im letzten Jahr von Heinrich Albertz als Leiter des Landesamtes für Verfassungsschutz geschasst wurde, war auch in der Kampfgruppe.»

An diese Geschichte erinnerten sich alle. Wiechmann hatte im Tresor seines Dienstzimmers Beweise dafür aufbewahrt, dass prominente Berliner das Bordell «Pension Clausewitz» aufgesucht hatten. Er hatte stur verschwiegen, was er da lagerte, obwohl der Staatsschutz gegen das Bordell ermittelte, weil vermutet wurde, dass das ostdeutsche Ministerium für Staatssicherheit dort mithörte und beobachtete. Albertz war schließlich der Kragen geplatzt, er hatte Wiechmann rausgeschmissen.

«Die Operationen der Kampfgruppe waren nicht zu kontrollieren», nahm Bredow den Faden wieder auf. «Die Mitglieder hielten wie Pech und Schwefel zusammen. Vor allem aber wurden die Aktivitäten durch die CIA gedeckt. Zu Beginn waren viele Nazis dabei. Sivers zum Beispiel hat im Krieg für Hans-Adolf Prützmann gearbeitet, einen SS-Mann, der maßgeblich an der Vernichtung der Juden in Osteuropa beteiligt war. Was dann aus dem wurde, kann ich nicht sagen.»

«Prützmann hat sich 1945 in Kriegsgefangenschaft selbst gerichtet», ergänzte Hermann Kappe. «Gegen Ende des Kriegs war er Anführer der sogenannten Werwölfe in Süddeutschland. Die verübten in bereits befreiten Gebieten Anschläge auf alliierte Soldaten. Wir beschäftigen uns mit einer feinen Gesellschaft, sag ich euch!»

«Wo finden wir mehr Informationen über die Kampfgruppe?», fragte Otto Kappe.

«Das wird schwierig», antwortete Piossek. «Der Laden ist 1959 aufgelöst worden. Die sogenannte Zentralkartei mit Angaben über die Mitglieder ist verschwunden. Ich schätze, dass sich der Bundesnachrichtendienst die Unterlagen unter den Nagel gerissen hat.»

«Merkwürdig ist jedenfalls», warf Lilli Lenné ein, «dass sich diese Leute gemeinsam fotografieren ließen, obwohl das für sie ein Risiko darstellte. Warum haben sie das getan?»

«Rechte Verbrecher scheinen sich gern fotografieren zu lassen, vor lauter Stolz über ihr Tun», sagte Strattmann. «Im Krieg hatte meine Einheit mal mit einer Einsatzgruppe der SS zu tun. Die SS-Leute haben sich ablichten lassen, nachdem sie Leute erschossen hatten – teilweise zusammen mit ihren Opfern. Wir jungen Kerle aus dem Ruhrgebiet waren schockiert. Einige von uns waren so aufgebracht, dass sie die SS-Männer entwaffnen wollten. Unsere Offiziere haben das verhindert. Anderenfalls wäre es uns an den Kragen gegangen.» Nach einer Pause fuhr er fort: «Uns kann dieses Foto jedenfalls helfen. Wir haben damit einen Anhaltspunkt für mögliche Befragungen. Wir wissen, mit wem wir reden müssen.»

«Also legen wir die nächsten Schritte fest», schlug Otto Kappe vor. «Frau Professor Rathstein wird zum Gespräch gebeten. Dann rücken wir dem Baulöwen Neumann auf die Pelle. Und wir müssen überlegen, ob unsere Erkenntnisse ausreichen, um die Alliierten einzuschalten.»

Den Abend verbrachten Otto Kappe und eine Schar von Kollegen nebst ihren Ehefrauen in einer Kneipe, um sich das Fußballspiel des TSV 1860 München gegen Real Madrid anzugucken. Es ging um den Einzug ins Viertelfinale des Europapokals der Landesmeister. Hans-Gert Galgenberg hatte einen großen Tisch in einem schmalen, langen Nebenraum eines Lokals reserviert. Mitarbeiter der Mordkommission waren erschienen, aber auch Freunde Hans-Gert Galgenbergs aus den Abteilungen Einbruch, Sitte und Betrug waren gekommen. Otto und Gertrud Kappe wurden mit großem Hallo begrüßt, als sie als Letzte eintrafen. Otto Kappe spürte, dass ihm mit mehr Respekt als gewöhnlich begegnet wurde. Offenkundig hatte sich herumgesprochen, welche Aufgabe ihm zugeteilt worden war.

Es roch nach frischem Bohnerwachs und nach verschüttetem Bier. Der mit Eichenfurnier vertäfelte Raum schien den Bierdunst wie ein Schwamm aufgesogen zu haben. Schultheiss floss in Strömen. Jüngere Beamte ließen sich «Bommi mit Pflaume» servieren, einige der Damen tranken «Blutgeschwür», also Kirsch auf Eierlikör. Die Älteren verleibten sich zum Pils Korn ein, meist den einfachen mit 32 Prozent oder, wie Galgenberg zu sagen pflegte, «zweeunddreißig Volt». Gertrud trank Kirsch pur.

Kappe und seine Frau setzten sich an das Tischende, das dem Ausgang am nächsten und vom Fernseher am weitesten entfernt war. Denn Gertrud hatte es nicht so gerne, wenn ihr ständig Männer ins Ohr brüllten, bloß weil jemand ein Tor geschossen hatte. Sie hielt dieses Männergehabe für kindisch. Kappe war zwar nicht so recht glücklich mit diesem Platz, weil so der Fernsehgenuss zu kurz kam, aber er wusste, seine Kompromissbereitschaft würde Gertruds Laune heben. Die genoss die Aufmerksamkeit seiner Kollegen und tuschelte und lachte mit Frieda Kessel. Kappe selbst konnte also tun, wonach ihm war: einige Biere und Kurze trinken, die Jungspunde beobachten, wenn sie sich in geistreichen Kommentaren zu überbieten versuchten, das Spiel verfolgen und ansonsten seinen Gedanken nachhängen.

Vom Spiel bekamen Otto und Gertrud Kappe allerdings nur wenig mit. Der auf einem hoch angebrachten Regalbrett stehende Apparat war für die beiden so weit entfernt, dass sie nicht einmal das spielentscheidende Tor von Hans Küppers in der 38. Minute sahen. Das Gebrüll der anderen machte aber unzweifelhaft deutlich, dass die Münchener in Führung gegangen waren.

DREI
Freitag, 18. November 1966

ZU OTTO KAPPES ÜBERRASCHUNG wartete am nächsten Morgen Eduard Strattmann in einem blauen Opel Rekord auf ihn, als er aus der Haustür trat. Er sah angespannt aus. «Nun mach schon, Otto, steig ein!», rief er aus dem heruntergekurbelten Fenster Kappe zu. «Wir müssen zur Budapester Straße. Und zwar schnellstens!»

«Was ist passiert?», fragte Kappe, während er die Beifahrertür aufriss, sich in den Wagen zwängte und die Tür wieder zuzog.

«Der Alte will uns dort treffen, möglichst unauffällig.» Strattmann fuhr los.

«Was will Duensing denn von uns?»

«Nicht der Polizeipräsident, der Regierende Bürgermeister will mit uns reden!»

«Brandt? An der Budapester Straße? Und das nennst du unauffällig? Auffälliger geht's ja gar nicht!», rief Kappe verärgert. «Da können wir uns gleich eine Fellmütze mit rotem Stern aufsetzen und uns vor dem Sowjetischen Ehrenmal im Tiergarten treffen.»

«Hör auf zu meckern!», antwortete Strattmann. «Bist du schlecht gelaunt?»

«Eigentlich nicht, aber seit Tagen habe ich Zahnschmerzen. Ich befürchte, dass ein Backenzahn raus muss.»

«Dann geh zum Zahnarzt, Mensch!»

«Jaja, mach ich schon. Was will der Regierende von uns?»

«Was kann er schon wollen? Er wird von uns hören wollen, was wir von Voißels Theorie halten. Hast du bereits in eine Zeitung geschaut?»

53

«Nee, noch nicht.»

«Die Zeitungen reiten immer noch auf dem Thema Anschlagsgefahr herum. Und nun kommt's: Sie nennen Brandt als mögliches Ziel.»

Kappe schaute seinen Kollegen von der Seite an. Sehr glücklich sah der nicht aus.

«Sie schreiben», fuhr Strattmann fort, «von zugereisten Attentätern aus dem linksradikalen Milieu.»

«Wie originell, Linksradikale! Ich kann mir lebhaft vorstellen, woher die Zeitungen diese Information haben», sagte Kappe.

«Du meinst, von den Schlapphüten des Staatsschutzes?»

«Genau von denen. Was soll ich dem Bürgermeister denn sagen?»

«Alles, was du weißt.»

«Das wird aber ein kurzes Gespräch.»

Strattmann griente. «Warten wir's mal ab. Hast du schon mit dem Alten zu tun gehabt?»

«Noch nie.»

Strattmann parkte seinen Rekord unmittelbar vor dem Hilton Berlin in der Budapester Straße. Für Kappe war das Hotel ein stets lockender Ort der Sehnsucht. Vor Jahren war er dort, wo sie nun hielten, aus einem Auto gestiegen. Er hatte den Kopf in den Nacken gelegt, um fasziniert die schachbrettartig angelegte Fassade des Hochhauses zu betrachten, in dem das Hilton untergebracht war. Woher diese Sentimentalität rührte, wusste Kappe selbst nicht so genau. 1958 war das Hotel fertiggestellt worden, als der sowjetische Partei- und Regierungschef Chruschtschow gedroht hatte, West-Berlin binnen eines halben Jahres zu erledigen. Die SED-Zeitung *Neues Deutschland* hatte damals bereits gejubelt, dass im Hilton bald statt der ausbeuterischen Manager die Beschäftigten das Sagen hätten. Ein einziges Mal war Gertrud bereit gewesen, an einem Sonntagnachmittag mit ihm dort Kaffee zu trinken. Sie fühlte sich in dem Hotel mit seiner kühlen Eleganz unwohl, während Otto Kappe von ihm nicht genug bekommen konnte. Daher fuhr er in unregelmäßigen Abständen alleine dorthin und bewunderte die Fassade, um anschließend in der Hotelbar einen Kaffee zu trinken und die Menschen zu beobachten, die hier ein und aus gingen.

Strattmann und Kappe liefen die Budapester Straße in Richtung Bahnhof Zoo hinunter. Lastwagen donnerten an ihnen vorbei. Plötzlich hielt ein dunkler Benz fast geräuschlos neben ihnen. Strattmann riss die rechte Vordertür auf, sagte Guten Morgen und schwang sich auf den Beifahrersitz. Kappe stand für einen Augenblick wie bestellt und nicht abgeholt allein am Straßenrand. Dann sagte Brandts Fahrer mit etwas nörgeliger Stimme: «Auf die andere Seite!»

Während Kappe um den Wagen ging, stieg der Regierende aus dem Fond, zog, ohne den Blick zu heben, seinen Mantel aus und legte ihn über seinen Unterarm, um flott wieder einzusteigen. Beim Setzen stieß er versehentlich gegen die rechte Schulter von Otto Kappe, der bereits Platz genommen hatte. «Hoppla! Sie sind der berühmte Kommissar Kappe?», fragte der Regierende Bürgermeister mit heiserer Stimme. Dann nickte er Strattmann zu. «Freue mich, dich zu sehen, Edi! Sind die Herren auf dem Kriegspfad?»

«Nein, Herr Bürgermeister», antwortete Kappe, «eigentlich nicht. Ich bin übrigens nicht der berühmte Kappe. Das ist mein Onkel Hermann Kappe. Ich bin, wie man so sagt, der Familiennachwuchs im Polizeigewerbe.»

«Ich hörte, die Familie habe einen wilden Trieb im Osten. Stimmt das?»

Während der Wagen beschleunigte und in Richtung Tauentzienstraße fuhr, antwortete Kappe: «Das ist richtig. Hartmut Kappe, mein Cousin, ist bei der Ost-Berliner Kripo.»

«Bei den Politischen?»

«Nein, der ist bei den Regulären. Aber die Grenze scheint drüben fließend zu sein …»

«Da haben Sie auch wieder recht!», antwortete Willy Brandt.

«Nun sagt mir bitte mal genau, was los ist! Man hat mich nur grob unterrichtet.»

Strattmann berichtete über die Begegnung mit Hans Josef Voißel, über dessen Vermutungen und Warnungen.

«Was sagen Sie dazu, Herr Kappe?»

«Herr Strattmann und ich sind der Meinung, dass Voißels Aussagen ernst zu nehmen sind. Daher wurde eine Arbeitsgruppe eingesetzt, um einen möglichen Anschlag zu vereiteln. Allerdings stochern wir zurzeit noch ziemlich im Nebel.»

Brandt schwieg. Der Wagen war am Großen Stern in die Hofjägeralle abgebogen und fuhr nun am Lützowplatz entlang.

«Halten Sie an!», befahl Brandt. Er kurbelte sein Fenster herunter und bot Kappe und Strattmann eine Zigarette aus seiner Packung an. Kappe lehnte dankend ab, Strattmann bediente sich. Brandt schnippte nach einigen Zügen Asche aus dem Fenster. «Der Geheimdienstkram geht mir auf die Nerven. Aber das hilft uns ja nicht weiter. Die NPD ist im Hessischen Landtag, sie wird in Bayern Fuß fassen, in Baden-Württemberg und wer weiß, wo noch. Dass sie in Berlin weit kommen wird, bezweifle ich. Aber unsere Stadt ist ein Tummelplatz für Agenten und Provokateure.» Er schaute Kappe prüfend an. «Sie machen sich Sorgen, dass es einen Anschlag auf mich geben könnte, stimmt's?»

Kappe nickte beklommen.

«Ich persönlich fühle mich gut beschützt. Außerdem werde ich in wenigen Tagen die Stadt verlassen. Daher muss sich um mich niemand Gedanken machen. Wenn aber doch irgendetwas passiert, dann wäre der Zeitpunkt denkbar ungünstig. Manch einer denkt darüber nach, wie wir die Olympischen Spiele nach Berlin holen können.»

«Olympia in Berlin? Wie 1936? Das glaub ich nicht!» Kappe schüttelte den Kopf. «Das sind doch …»

«… Hirngespinste, wollen Sie sagen. Warten Sie es ab! 1968 finden die Sommerspiele in Mexiko statt, danach wird wieder Europa an der Reihe sein. Warum nicht Berlin? Seien Sie nicht so pessimistisch!» Brandt hatte ruhig gesprochen. «Ich denke auch darüber nach, was wir tun müssen, um Teile der UNO nach Berlin zu holen. Aber Anschläge würden jede Anstrengung überflüssig machen. Die Großen aus dem Showgeschäft kommen in die Stadt, um hier zu feiern und aufzutreten. Mit dem Europa-Center hat unser Zentrum ein neues Gesicht erhalten. Wir haben begonnen, zigtausend moderne Wohnungen zu bauen. West-Berlin ist im Aufwind. Eben noch Trümmerstadt, werden wir bald eine wichtige Metropole sein. Da können wir Unruhe im Innern überhaupt nicht brauchen.»

Kappe nickte zuerst nur schweigend. Dann sagte er gepresst: «Ja, Herr Bürgermeister.»

«Ich setze auf Sie!»

«Das können Sie.»

«Reden Sie noch mal mit Voißel in Köln. Edi, was ist mit dir?»

«Ich bin natürlich dabei.»

«Sie haben einen guten Ruf bei der Kripo, Herr Kappe. Sind Sie Sozialdemokrat?»

«Nein, Herr Bürgermeister, eigentlich nicht. Aber mein Onkel Hermann Kappe, der ist in Ihrer Partei. Ich meinerseits … Ich habe mich nie parteipolitisch binden wollen. Aber … meine Ideale liegen in Ihrer Richtung …», druckste Otto Kappe herum. Obwohl er doch, wenn überhaupt, eher der CDU nahestand.

Brandt lachte. «Das ist ein schöner Satz: Meine Ideale liegen in Ihrer Richtung. Mensch, Mensch, Kappe!»

Der Wagen des Regierenden Bürgermeisters war inzwischen zurück zur Budapester Straße gebrummt.

«Ich lass euch hier wieder raus», sagte Brandt.

«Auf Wiedersehen, Herr Bürgermeister!», sagte Otto Kappe.

Brandt nickte lediglich. «Bleib noch 'nen Augenblick sitzen, Edi!», sagte er zu Strattmann.

Kappe stand wenig später allein auf dem Bürgersteig vor dem Hilton und wartete auf Strattmann, der sich nach einigen Minuten zu ihm gesellte. Er machte einen in sich gekehrten Eindruck.

«Was ist? Hat der Brandt etwas zu bemängeln?»

«Nee, im Gegenteil. Brandt will, dass wir ohne Vorbehalte ermitteln, was hinter den Gerüchten steckt. Er möchte die Stadt nicht verlassen, wenn hier keine Ruhe herrscht. ‹Stell dir das mal vor›, hat er gesagt, ‹wenn ich nach Bonn gehen würde und hier kurze Zeit später das Chaos ausbräche.› Er möchte, dass ich ihn fortlaufend über wichtige Ermittlungsergebnisse informiere und dir den Rücken freihalte.»

«Was hast du geantwortet?»

«Dass wir das schon hinkriegen werden.»

In der Gothaer Straße angekommen, trafen Otto Kappe und Eduard Strattmann auf Gerhard Piossek, Ludwig Bredow und Hans-Gert Galgenberg. Frieda Kessel reichte ihrem Chef eine Auflistung von Personen, die auf einen Rückruf warteten, sowie einen Zettel, auf dem vermerkt war, dass sich Frau Gerhild Rathstein um vierzehn Uhr zu einem Gespräch einfinden werde.

Otto Kappe mochte es nicht, wenn ihm bereits morgens eine lange Liste mit Aufgaben vorgelegt wurde. Er ging den Tag lieber gemütlich an. «Wer hat das arrangiert?», fragte er verärgert. Ohne ordentliche Vorbereitung wollte er ein solches Gespräch nicht führen.

«Jestern haste jesacht, dass du dir zusammen mit Strattmann die Frau Professor ankieken willst», erklärte Galgenberg mürrisch.

Kappe zögerte. «Ist schon in Ordnung», antwortete er dann. «Gibt es Informationen über diese Dame? Und was ist mit den übrigen Personen auf dem Foto?»

«Darüber weeßte in ner halben Stunde mehr. Det muss noch sauber abgetippt wern», erwiderte Galgenberg.

«Otto, wir müssen über unsere Arbeit sprechen. Denn so, wie wir uns das vorgestellt haben, wird es nicht gehen», wandte sich nun Piossek an ihn.

«Er hat recht, Otto», mischte sich nun auch Bredow ein.

«Gut. Was fehlt, was muss verbessert werden?», wollte Kappe wissen.

«In der Stadt gibt es Dutzende kleiner Gruppen, die als rechtsradikal einzustufen sind oder zumindest Verbindungen zum rechtsextremen Milieu pflegen.» Piossek zog ein Papier aus einer Aktenmappe. «Das ist lediglich eine Auswahl», sagte er. «Da gibt es vor allem die Nationalrevolutionäre Jugend, die Arbeitsgemeinschaft Vaterländischer Verbände, die Deutsche Volkspartei, die Aktion Oder-Neiße, den Bund heimattreuer Jugend, die NPD und deren Jugendorganisation. Allesamt hassen die unsere Demokratie und den Brandt mitsamt seiner Partei ganz besonders. Es gibt Kräfte, die planen, Widerstand gegen die Anerkennung der Oder-Neiße-Grenze zu organisieren. Andere würden West-Berlin am liebsten von linken Studenten säubern.» Er drehte das Papier um. «In Berlin finden sich Rechtsradikale aus aller Herren Länder. Ich nenne nur die kroatischen Nationalisten. Da braut sich was zusammen. Auf den jugoslawischen Konsul Klaric wurde vergangenes Jahr in Meersburg geschossen. Und der jugoslawische Konsulatsangestellte Milanovic wurde kürzlich im Stuttgarter ‹Hofbräukeller› ums Leben gebracht. Deutschland ist zum Kriegsgebiet für allerlei Extremisten geworden. Da wird Berlin nicht verschont bleiben.»

«Und irgendwo in diesen Kreisen bewegen sich die von Voißel genannten Personen», unterstützte Bredow ihn. «Wie zum Teufel sollen wir die finden? Kannst du mir das erklären?»

Strattmann hatte bisher nichts gesagt, aber aufmerksam zugehört. Nun sagte er: «Das sind zum großen Teil Spinner. Die können wir vernachlässigen.»

«Haben Sie eine Ahnung!», fuhr Bredow fort. «Wir wissen ja nicht, wer ein Spinner ist und wer nicht. Erinnert ihr euch noch? 1959 hat der damalige Innensenator Joachim Lipschitz vier Nazi-Organisationen in Berlin verbieten lassen.»

Kappe hatte das nicht vergessen. Junge Nationalsozialisten hatten sich in der Stadt mausiggemacht, Veranstaltungen gestört und den ganzen alten Mummenschanz wieder hervorgeholt: Sonnenwendfeiern, Trommelgedröhne, Gelöbnisse, Heil-Hitler-Geschrei. Als es Lipschitz zu bunt geworden war, hatte er zugeschlagen – Verbote, Prozesse, Haft.

«Die Organisationen wurden zwar zerschlagen», fuhr Bredow fort, «aber die Personen gibt es doch noch. Teilweise haben sie neue Gruppierungen gegründet. In denen hat sich der Bundesnachrichtendienst breitgemacht, manche werden sogar von ihm geführt.»

«Was schlägst du vor?», fragte Kappe.

«Wir konzentrieren uns zunächst auf das Foto», erklärte Piossek. «Ferner überprüfen wir, wer in letzter Zeit zugezogen ist. Erst wenn das alles nichts bringen sollte, nehmen wir uns die rechtsradikalen Organisationen vor.»

«Einverstanden», entgegnete Kappe. «Dann mal los!»

Er ging an seinen Arbeitsplatz und arbeitete die nötigen Telefonate ab. Kriminalrat Friedhelm Keunitz und Kriminaldirektor Günther Niederzier wollten unterrichtet werden. Die Personalabteilung wollte wissen, wie lange Bredow für die Ermittlungen benötigt werde. Die Zettel mit den Bitten des *Tagesspiegel*, der *B.Z.* und des *Telegraf* um Rückruf warf Kappe in den Papierkorb.

Anschließend studierte er den Lebenslauf der Frau Doktor Gerhild Maria Rathstein. Sie wurde am 4. Mai 1910 in Breslau geboren und wohnte heute in der Landauer Straße in Wilmersdorf. Ihr Mädchenname lautete Brendler. Vater Gymnasialdirektor, Mutter Hausfrau. Sie hatte vier Brüder, die allesamt nicht mehr zu leben schienen. Ab dem Jahr 1929 hatte sie in Breslau Pharmakologie und Medizin studiert und im Anschluss daran in einem städtischen Krankenhaus als Pharmakologin gearbeitet. Im Februar 1945 war sie ausgebombt und vertrieben worden und dann nach Berlin gezogen. Dort hatte sie 1953 habilitiert und einen Lehrstuhl für Pharmakologie an der Technischen Universität übernommen. Zuvor hatte sie 1944 Arnold Rathstein geheiratet, einen Maschinenbauingenieur und Oberleutnant. Die Erlebnisse während des Kriegs hatten sie scheinbar zu einer fanatischen Gegnerin der Kommunisten werden lassen. 1948 war Herr Rathstein in der sowjetisch besetzten Zone verschwunden. Es war nie aufgeklärt worden, was mit ihm geschehen war, wahrscheinlich war er nach Russland verschleppt worden. Nach Angaben des DRK-Suchdienstes war Arnold Rathstein in Workuta gesehen worden. Ansonsten fehlte jede Spur von ihm.

Die Professorin hatte zwei Kinder. Eine Tochter hielt sich zu Studienzwecken in den USA auf. Ein Sohn hatte in Berlin Abitur gemacht, über sein weiteres Verbleiben gab es jedoch keinerlei Informationen.

Otto Kappe war sich unsicher, wie er das Gespräch mit Frau Rathstein angehen sollte. Bei manchen Gesprächspartnern war es aussichtsreich, sich langsam dem eigentlichen Thema zu nähern, bei anderen war es erfolgversprechender, gleich auf den Punkt zu kommen. Das hing von deren Intelligenz, Begriffsvermögen und Lebenserfahrung ab. Er holte sich diesbezüglich Rat bei Strattmann.

«Ich halte es für besser, sofort mit offenen Karten zu spielen», sagte der. «Die wird sich von uns nichts vormachen lassen. Sie kommt übrigens, wie ich eben erfahren habe, eine halbe Stunde später. Lass uns aber schon mal in das Vernehmungszimmer gehen, ich muss etwas mit dir bereden.»

Als sie dort angekommen waren, sagte Strattmann: «Wir kennen uns bereits einige Jahre, haben aber noch nie zusammengearbeitet. Ich wollte dir sagen, Otto, dass dieser Fall einer meiner letzten sein wird. Danach ist Schluss. Dir vertraue ich das an, weil ich dich schätze. Ich werde erneut für den Personalrat kandidieren, aber dieses Mal für einen Sitz mit Freistellung. Das Pflastertreten ist dann für mich vorbei.» Er zündete sich eine Overstolz an, öffnete ein Fenster, zog einige Male an seiner Zigarette und strich dann die Asche am Fensterrahmen ab. «Einige haben mich gefragt, warum du nicht auch für den Personalrat kandidierst. Ich habe denen versprochen, mit dir zu reden.

Denn jetzt geht es um die Wurst, mein Lieber. Unser Innensenator ist ein netter Kerl, aber leider nicht hart genug. Wenn der Regierender Bürgermeister wird, woran ich nicht zweifle, kommt eine schwere Zeit auf uns zu. Wir wissen, dass sich an der Freien Universität einiges zusammenbraut. Die linken Studenten betrachten uns Sozialdemokraten als Teil des Systems, das es zu bekämpfen gilt. Und manche in meiner Partei warten nur auf eine Gelegenheit, mit denen Schlitten zu fahren, und zwar richtig. Ob Albertz in solch einer aufgeheizten Stimmung Kurs halten kann, weiß ich nicht. Ich habe da meine Zweifel. Das hat unsere Stadt aber nicht verdient.»

«Da hast du wohl recht», stimmte Kappe zu.

«Wir brauchen dich», sagte Strattmann. «Wir brauchen jeden, der helfen kann, damit hier kein Chaos ausbricht. Du hast zwar nicht unser Parteibuch in der Tasche, aber du bist, wie wir wissen, weder ein Anhänger von Ulbricht noch ein Rechter, und dein Wort hat Gewicht. Ich bin weiß Gott kein Freund der linken Studenten. Alles Bürgersöhnchen aus dem Westen. Im Grunde haben die hier nichts zu suchen. Aber mit Knüppel oder Knarre zu reagieren gefällt mir auch nicht, dazu bin ich nicht Polizist geworden. Die, denen eine friedliche Entwicklung unseres Staates am Herzen liegt, müssen jetzt zusammenhalten. Lass dir das durch den Kopf gehen!» Strattmann warf seine Zigarette aus dem Fenster.

Kappe war verblüfft. Er hatte Eduard Strattmann unwillkürlich den Kollegen zugerechnet, die nur darauf warteten, linke Studenten mal richtig aufzumischen.

Ein Polizist mit einer mageren Frau im Schlepptau erschien im Vernehmungszimmer. Letztere wirkte sehr entschlossen. Unter ihrem offenen hellen Mantel blitzte ein blaues Kleid hervor, dazu trug sie flache Schuhe und eine Handtasche über der Schulter. Sie hatte lange graue Haare, ein schmales Gesicht und grüne Augen. Sie ließ ihren Blick durch den Raum wandern und schaute dann herablassend die beiden Kommissare an.

«Das ist Frau Professor Rathstein», sagte der Uniformierte, dann stellte er sich mit dem Rücken zur Wand neben die Tür.

Hartholz, dachte Kappe im ersten Augenblick, darauf kannst du klopfen, so lange du willst, es wird nicht nachgeben. Er bat die Frau, Platz zu nehmen, und eröffnete die Befragung. «Anwesend sind Kriminalkommissar Eduard Strattmann und Oberkommissar Otto Kappe. Das Gespräch wird geführt mit Frau Doktor Gerhild Rathstein ...»

«Entschuldigen Sie, dass ich Sie an dieser Stelle unterbreche», sagte Frau Rathstein. «Aber was soll ich hier? Ist das ein Verhör?»

Statt Kappe antwortete Strattmann. «Frau Professor, Sie sind Beamtin, und insofern sind Sie verpflichtet, die Polizei bei ihren Ermittlungen zu unterstützen. Daher wäre es sehr nett, wenn Sie uns behilflich sein könnten. Wir tun nur unsere Arbeit, und dabei sind wir auf Ihr Mitwirken angewiesen.»

Die Professorin betrachtete die beiden Kommissare nachdenklich, bevor sie die geforderten Angaben zu Protokoll gab.

Kappe legte das Foto von den Mitgliedern der Kampfgruppe wortlos auf den Tisch. Frau Rathstein war einen Augenblick sichtlich irritiert. Dann zog sie ihren Mantel aus, griff in ihre Handtasche, entnahm ihr eine Brille und setzte sie auf. «Das bin ja ich», sagte sie und schüttelte den Kopf. «Das muss Anfang der Fünfzigerjahre gewesen sein. Ist lange her.»

«Und wer sind die anderen Personen?», erkundigte sich Strattmann.

«Neben mir steht dieser verrückte Ami ... Bill Harvey. Das war vielleicht eine Type!» Sie überlegte. «Und links von mir, das ist Sivers. Mein Gott, ist das lange her! Sivers wollte damals zuerst nicht mit auf das Foto. Daran erinnere ich mich. Er meinte, wenn das in die falschen Hände gerate, dann ...»

«Meinte er, in die Hände der ostdeutschen Staatssicherheit?», fragte Kappe.

«Da liegen Sie richtig.»

«War er der Einzige, der nicht fotografiert werden wollte?», erkundigte sich Kappe.

«Das kann ich nicht mit Bestimmtheit sagen.»

«Wer hat das Bild aufgenommen?», wollte nun Strattmann wissen.

«Der Kerl ganz links hat das gemacht, mit Selbstauslöser.»

«Und jeder erhielt einen Abzug?»

«Das glaube ich nicht. Ich habe jedenfalls keinen erhalten.»

«Können Sie uns sagen, wer die anderen Personen sind?», fragte Strattmann.

Frau Rathstein betrachtete das Foto. «Der in der Mitte der zweiten Reihe, das ist Axel Neumann. Und links neben ihm, das ist Siegfried Perkel, der ist Beamter in der Senatsverwaltung. Der Mann rechts von Neumann ist in der Zone verraten, gefasst, verurteilt und aufgehängt worden. Den Namen habe ich nicht mehr präsent.»

«Und die Namen der Übrigen?», fragte Strattmann.

«Ich bin mir nicht sicher», antwortete Frau Rathstein. «Der Blasse in der oberen Reihe … das könnte Edgar Maischonnek sein, aber ich kann mich auch täuschen.»

«Wissen Sie, wo der heute steckt?», fuhr Strattmann fort.

«Er arbeitet irgendwo in Berlin in der Verwaltung, habe ich gehört.»

«Dann haben Sie also noch Kontakt zu den damaligen Mitgliedern der KgU?», bohrte Otto Kappe nach.

«Nein, eigentlich nicht. Wer mir das über Maischonnek erzählt hat, weiß ich nicht mehr.»

«Und wer sind die beiden links von Sivers?», wollte Strattmann wissen.

Die Professorin zögerte. «Zu den beiden fällt mir nichts mehr ein. Mein Personengedächtnis ist auch nicht das beste. Das ist alles schon so lange her.»

«Aus welchem Anlass wurde das Foto aufgenommen?», fragte Kappe.

«Ich war damals Mitglied der Kampfgruppe gegen Unmenschlichkeit. Die ist Ihnen ja bekannt, wie ich Ihren Äußerungen entnehmen kann. Das muss nach einer Aktion gewesen sein, die von uns durchgeführt wurde.»

«An dieser Aktion waren also alle Leute auf dem Foto beteiligt? Was für eine Aktion war das?», erkundigte sich Strattmann.

«Wir waren Helden, mein Herr! Die Einzigen, die etwas gegen Entführungen durch die russischen Verbrecher und ihre Handlanger in der Zone unternommen haben. Damals kamen die in den Westen, mordeten, folterten, verschleppten Menschen, die nie wiederauftauchten.» Sie dachte nach. «Ich meine, wir haben damals einen Kiosk in der Zone in Brand gesetzt. Aber an die genauen Umstände kann ich mich nicht mehr erinnern», sagte die Frau.

«Gab es weitere Aktionen dieser Art?»

«Natürlich! Das wissen Sie doch.»

«Und Harvey war stets mit von der Partie?», wollte Otto Kappe wissen.

«Selbstverständlich nicht. Er hat uns hier und da unterstützt. Aber direkt beteiligt war er nie.»

«Welche Funktion hatten Sie?», fragte Strattmann weiter.

«Ich hatte keine bestimmte Funktion.»

«Wer führte die Gruppe an?» Strattmann wirkte gereizt.

«Das weiß ich nicht mehr.»

«Das sollen wir Ihnen glauben?», rief Strattmann aus. «Sie waren eine der zentralen Figuren, und nun behaupten Sie, nicht mal mehr die damaligen Anführer zu kennen?»

«Ihr Ton passt mir nicht, Herr Kommissar!», sagte sie.

«Und wir sitzen hier nicht zu unserem Vergnügen!», mischte sich nun Kappe ein, der Rathsteins Aussagen, so gut er konnte, mitgeschrieben hatte. «Wir haben gute Gründe für unsere Fragen.»

«Es kann sein, dass Sivers die Aktion organisiert und geleitet hat», sagte Frau Rathstein.

«Na also, Sie können sich ja doch erinnern!», sagte Strattmann. «Warum nicht gleich so?»

Die Professorin kniff die Augen zusammen und schaute die beiden Kommissare verärgert an. Sie schwieg.

«Es waren einige ... dubiose Gestalten in der Kampfgruppe», sagte Kappe vorsichtig.

«Wir waren vereint im Kampf gegen die Stalinisten.»

«Ich frage Sie noch einmal: Haben Sie noch Kontakt zu früheren Mitgliedern der KgU?», hakte Kappe nach.

«Neumann sehe ich hin und wieder bei irgendwelchen Anlässen – in der ‹Distel› haben wir uns zuletzt getroffen. Der ist ja eine bekannte Größe geworden. Auch Perkel sehe ich hin und wieder, wenn der Senat zu einem Empfang einlädt. Sivers ist irgendwo im Westen verschollen. Und Harvey lebt in den Staaten, soviel ich weiß.»

«Sie wissen ja doch eine ganze Menge, wenn Sie lange genug nachdenken», stellte Kappe fest. «Halten Sie es für möglich, dass einige aus der Kampfgruppe wieder aktiv sind?»

«Nein, das kann ich mir nicht vorstellen.»

«Sind Sie sicher?», fragte Strattmann zweifelnd.

«Ja.»

«Aber Sie wissen nicht, was die einzelnen Personen politisch so treiben?»

«Das weiß ich tatsächlich nicht. Warum ist das so wichtig für Sie?»

«Haben Sie heute Zeitung gelesen?», fragte Strattmann.

Die Professorin schaute ihn angestrengt an. «Sie meinen die Berichte über mögliche Anschläge in der Stadt?», erkundigte sich die Frau vorsichtig.

«Allerdings», antwortete Strattmann, «die meinen wir. Ist Ihnen irgendwas über mögliche Anschläge bekannt?»

«Nein.»

«Haben Sie irgendwo etwas darüber gehört?», insistierte Kappe.

Die Professorin zögerte. «Nein, ich habe nichts gehört.»

«Wo leben Ihre Kinder?», fragte er weiter.

«Was hat das damit zu tun?»

«Antworten Sie auf die Frage!», sagte Strattmann in scharfem Ton.

«Meine Tochter lebt in Maryland. Meinen Sohn habe ich längere Zeit nicht mehr gesehen.»

«Hat Letzteres einen bestimmten Grund?», wollte Kappe wissen.

«Hören Sie, was haben meine Kinder mit diesem Foto zu tun? Nichts! Also lassen Sie das!»

Kappe schaute die Frau an. «Möchten Sie ein Glas Wasser haben?»

«Wenn's aus der Flasche kommt und nicht aus dem Wasserhahn, gern.»

Der Kriminaloberkommissar gab dem Polizisten, der immer noch neben der Tür stand, einen Wink. «Selters bitte.»

Die drei schwiegen, bis der Uniformierte zurückgekehrt war und eine Flasche Wasser sowie drei Gläser vor sie auf den Tisch gestellt hatte. «Wer bezahlt?», fragte er.

Kappe gab dem Mann Kleingeld. Der Polizist zog ab.

Frau Rathstein schaute sich im Vernehmungszimmer um. Sie deutete auf das Foto des amtierenden Innensenators Albertz an der Wand. «Das ist ein Landsmann von mir. Der ist wie ich in Breslau geboren, dort zur Schule gegangen und später ebenfalls vertrieben worden. Aber dann hat er einen anderen Weg gewählt.»

«Was meinen Sie mit ‹einen anderen Weg›?», fragte Kappe.

«Ihn hat es in die Quatschbude gezogen, ich habe Ulbricht bekämpft.»

«So einfach ist die Welt für Sie? Hier die Quatschbude, da der Kampf? Schwarz und weiß?» Kappe schüttelte den Kopf. Er stand auf und ging hinaus zu den Toilettenräumen. Dort drehte er den Hahn auf, hielt seine Hände unter das kalte Wasser, trocknete sie ab, lockerte seine hellblaue Krawatte ein wenig und kehrte zurück.

Als er wieder den Vernehmungsraum betrat, erklärte Frau Rathstein Strattmann gerade die politische Lage in Deutschland.

«Sie haben die Dreiteilung Deutschlands akzeptiert. Ich nicht. Wir haben nicht das Recht, urdeutschen Boden aufzugeben! Für mich gelten die Grenzen von 1937. Wir sind das Herz, das heilige Herz Europas, uns darf man nicht schwächen.» Sie trank und lehnte sich dann in ihrem Stuhl zurück. «Wollen Sie mir nicht endlich sagen, was das hier alles zu bedeuten hat?»

«Die Stadt ist in Gefahr, und wir können nicht ausschließen, dass ehemalige Mitglieder der Kampfgruppe irgendetwas damit zu tun haben», erklärte Strattmann.

Die Professorin schaute ihn nachdenklich an. «Was heißt das genau?»

Anstatt zu antworten, fragte Kappe scharf: «Wie sind Sie damals zur Kampfgruppe gekommen?»

«Was würden Sie tun, wenn Ihr Lebenspartner plötzlich verschwindet, der Vater Ihrer Kinder? Wenn Sie erfahren würden, dass er in Russland ist? Und wüssten, dass das Arbeitslager oder Genickschuss bedeutet? Die Polizei konnte mir nicht helfen.»

«Es hat Sie also nicht gestört, dass Sie mit ehemaligen Nationalsozialisten zusammen in einem Boot gesessen haben», stellte Kappe fest.

«Ehemalige Nationalsozialisten gab es auch in der Berliner Polizei. Es war ja nicht alles schlecht, was damals getan wurde. Ich glaube, wir haben besprochen, was es zu besprechen gibt. Machen Sie sich keine Umstände, ich finde alleine hinaus», sagte die Professorin, stand auf und verließ den Raum.

Nachdem Gerhild Rathstein gegangen war, tranken Eduard Strattmann und Otto Kappe gemeinsam einen Kaffee.

«Die weiß mehr, als sie uns sagt», meinte Strattmann. «Wir sollten sie überwachen lassen.»

«Ja, das machen wir. Ich glaube übrigens, dass sie auch die Schubert und den Pretzky erkannt hat.» Kappe starrte auf seine Kaffeetasse. «Mir kam der Prozess gegen Kurt-Oswald Knobloch in den Sinn, der war 1954.»

«Zehn Jahre Zuchthaus hat der bekommen», überlegte Strattmann. «Ich war bei seiner Verhaftung dabei.» Er trank seinen Kaffee aus.

Knobloch war in den Fall Walter Linse verwickelt gewesen. Linse war ein West-Berliner Jurist gewesen, der für den «Untersuchungsausschuss Freiheitlicher Juristen» Menschenrechtsverletzungen in der DDR dokumentierte. Er wurde 1952 von der Stasi nach Ost-Berlin entführt, in dem berüchtigten Gefängnis in Hohenschönhausen in Haft gehalten und von einem sowjetischen Militärgericht wegen Spionage zum Tode verurteilt. Das Urteil wurde im Dezember 1953 in Moskau vollstreckt.

«Du warst damals ganz neu bei der Mordkommission, oder?»

«Stimmt», antwortete Kappe. «Knobloch wurde nachgewiesen, dass er an der Entführung beteiligt war. Die Mittäter hat er nie verraten. Der Fall schlug insofern Wellen, als er deutlich machte, dass der Genosse Mielke und sein Ministerium für Staatssicherheit mit West-Berliner Kriminellen zusammenarbeiteten, um Menschen zu entführen. Es kann durchaus sein, dass es dem Ehemann der Rathstein ähnlich wie Walter Linse ergangen ist.»

Zur Ruhe kam Otto Kappe an diesem Tag erst, als er mit Gertrud im Horstweg unter dem Lampenschirm in der Küche saß. Otto dachte über das Gespräch mit der Rathstein nach. Er griff nach seinem schwarzen, mit einem glänzenden Wachsüberzug versehenen Notizbuch, das Seite um Seite mit einer schnell hingeworfenen Schrift gefüllt war. Seine Kollegen machten sich stets über seine Krakeleien lustig. «Kappe hält sich zu Hause heimlich Hühner», hieß es, «die lässt er abends über sein Notizheft laufen.» Ihn störten diese Neckereien nicht, weil seine Schnellschrift den Vorteil hatte, dass niemand außer ihm selbst sie entziffern konnte. Wenn sein Notizbuch in fremde Hände fiele, könnte niemand etwas damit anfangen – nicht mal die Spezialisten der Stasi. Und damit, im Visier von irgendwelchen Mächten des Ostens zu sein, rechnete er durchaus.

Als im Vorjahr auf dem Ost-Berliner Alexanderplatz mit dem Bau eines riesigen Fernsehturms begonnen worden war, hatten manche im Westen geradezu hysterisch reagiert. 1969 sollte der bereits fertiggestellt sein. Die Kommunisten hätten dann den Westen der Stadt vor sich wie ein aufgeschlagenes Buch, so sagte man.

Die West-Berliner Polizei, das wusste Otto, zog die Spione Ulbrichts an wie Licht die Motten. Besonders die Freiwillige Polizei-Reserve lockte sie an. Deren 2500 Mitglieder sollten unter anderem bei politischen Unruhen die reguläre Polizei unterstützen, wurden aber auch für die Schulwegsicherung, für den Schutz öffentlicher Gebäude und andere Aufgaben herangezogen. Mit ihrer Gründung reagierte der Westen auf die Ost-Berliner Betriebskampfgruppen, welche die dortige Volkspolizei ergänzten. Die Mitglieder der Freiwilligen Polizei-Reserve absolvierten eine zweiwöchige Grundausbildung und später eine weitere vierzehntägige Schulung. Ihr Dienst dauerte mal eine Woche, mal vierzehn Tage. Sie trugen blaue Uniformen und P6 Pistolen. Im Ernstfall sollten sie mit Maschinenpistolen bewaffnet werden.

Otto beobachtete die Entwicklung dieser Einheit mit Misstrauen. Zwar wurden die meisten der freiwilligen Polizisten im öffentlichen Dienst der Stadt rekrutiert, aber wie andere im Polizeikorps fürchtete er, dass die Polizei-Reserve zum Sammelbecken für Gauner aller Art und für Rechtsradikale werden könnte.

Als er ein leises Brummen von sich gab, fragte Gertrud irritiert: «Hast du was?»

«Morgen früh geh ich als Erstes zum Zahnarzt.»

«Am Sonnabend? Sonnabends ist die Praxis geschlossen.»

«Für mich ist sie ausnahmsweise geöffnet. Frau Kessel hat das heute organisiert. Der Backenzahn macht mich sonst noch verrückt. Außerdem geht mir meine derzeitige Arbeit auf die Nerven. Für Taten mit politischem Hintergrund bin ich einfach nicht geschaffen.» Otto hatte Gertrud schon vor zwei Tagen von seiner neuen Aufgabe erzählt.

«Dabei solltest du froh sein, dass du mal was anderes machen kannst. Endlich mal kein Mord im Grunewald, in einem Bordell oder in der Kantstraße, wo es nach Herta Heuwers Imbissbude riecht.»

«Hast du eine Ahnung! Bei der Heuwer gab es bisher keinen Mord, sondern nur vorzügliche Currywurst. Die hat sie ja schließlich erfunden.»

«Ich dachte, die sei von den Konnopkes im Ostteil der Stadt erfunden worden.»

«Nee, Currywurst ist West-Patent.» Er überlegte. «Mein Gefühl sagt mir, dass ich bei den Ermittlungen sehr vorsichtig sein muss.»

«Ist deine Lilli Lenné eigentlich auch mit von der Partie?», stichelte Gertrud.

«Das ist nicht *meine* Lilli Lenné. Hör endlich auf damit!»

Gertrud, die eigentlich darüber lachen konnte, wenn ihr Mann sich gelegentlich unwillkürlich nach hübschen Mädchen umdrehte, war in letzter Zeit etwas eifersüchtig geworden, obwohl das so gar nicht zu ihr passte. Den Eindruck hatte zumindest Otto. Befürchtet sie vielleicht sogar, dass mich mit Lilli Lenné mehr verbindet als nur die Arbeit?, überlegte er. Er fand die Kollegin attraktiv. Aber das taten viele. Natürlich hatte er ein bisschen mit ihr geschäkert. Das war aber auch alles. Ich weiß schließlich auch nicht, mit wem Gertrud in ihrem Betrieb flirtet, versuchte er sich in Gedanken zu rechtfertigen – wobei er sich eigentlich sicher war, dass Gertrud so etwas nicht tat. «Ich arbeite mit Fräulein Lenné zusammen wie mit den anderen Kollegen auch. Sie ist übrigens sehr zurückhaltend», sagte er deshalb.

«Oje, Fräulein Lenné, das scheue Reh.» Gertrud lachte und schaltete den Fernseher an, um sich ein wenig unterhalten zu lassen.

Während irgendwelche sonore Witzeleien in Ottos Ohren dröhnten, brütete er wieder über seinem Notizbuch.

VIER

Sonnabend, 19. November 1966

ER SCHMECKTE BLUT. Schmerzen ließen seinen Körper zusammenzucken. Ununterbrochen musste er schlucken, weil sich immer wieder neues Blut und Speichel in seinem Mund ansammelten. Vor seinem inneren Auge zogen in Sekundenschnelle Bilder vorbei: eine langsame Straßenbahn, Vater Oskar in Hemdsärmeln, die Yorckstraße, in der er aufgewachsen war, Werbung für Berliner Kindl, die grelle Leuchtschrift einer Hotelreklame. Dann Szenen aus *Angélique*. Den Film hatte er sich vor zwei Jahren gemeinsam mit seiner Frau angeschaut, im Mascotte am Stuttgarter Platz. «Puffgegend!», hatte sie angewidert gezischt. Der Name Charles Regnier fiel ihm plötzlich ein. Hatte der in *Angélique* mitgespielt? Warum war die Erinnerung nur so verschwommen? Irgendetwas knackte fürchterlich. Schweiß strömte über sein Gesicht und seinen Hals und sammelte sich in seinen Augenwinkeln, sodass er unwillkürlich die Augen zusammenkneifen musste. Zwei durchsichtige Scheiben, goldgerahmt, kamen näher, dahinter starrten ihn blassblaue Augen an. Von einer Sekunde auf die andere waren diese merkwürdigen Gläser wieder weg. Eine riesige Hand, aus der furcherregend lange Haare sprossen, kam näher. Ein Verhör unter Folter. Hatte ihn die Stasi in den Osten verschleppt?

«Herr Kappe, hören Sie mich?»

Vorsichtig öffnete er die Augen. Was wollte man von ihm?

«Oberkommissar Kappe, spucken Sie mal kräftig aus!»

Otto Kappes Blick irrte umher. Links eine glänzende Spuckschüssel. Er zog sich mit letzter Kraft hoch, beugte sich über die Schüssel, spuckte Blut.

«Das war aber ein Mordsding von Weisheitszahn, mein lieber Scholli! Alle Achtung, Sie haben es tapfer ertragen! Jetzt werden Sie Ruhe haben.» Die Hängebacken seines Zahnarztes aus der unteren Müllerstraße schoben sich näher. «Alles in Ordnung, Herr Kappe?»

Kappe schüttelte nur den Kopf. Die Zahnarzthelferin erschien neben dem Doktor. Kappe starrte sie an. Blond auf blendendem Weiß. Porzellanaugen.

«Da war ein Anruf», sagte sie.

«Für mich?», fragte Kappe und stellte fest, dass jede Bewegung des Mundes ihm Schmerzen bereitete.

«Ja», erwiderte sie. «Der kam von der Polizei.»

«Von wem genau?», wollte er wissen.

«Sie sollen vor die Tür kommen», antwortete die junge Frau in Weiß. «Es wartet bereits ein Wagen auf Sie.»

Otto Kappe schnappte sich Jacke und Mantel und stammelte ein Dankeschön in Richtung Arzt. Sein Kopf dröhnte immer noch, als er die Praxis verließ und mit wackeligen Knien die Treppen hinunterlief. Kappe fürchtete sich vor Zahnärzten, wie sich Kinder vor dunklen Kellern ängstigten.

Vor der Tür wartete Lilli Lenné auf ihn. Es schüttete wie aus Eimern, binnen wenigen Sekunden war Kappe bis auf die Haut durchnässt. Die Kriminalmeisterin öffnete die Beifahrertür bis zum Anschlag, um Kappe das Einsteigen zu erleichtern, und hielt einen aufgespannten Regenschirm über ihn. Skeptisch musterte sie den Kollegen.

Kappe hatte beim Zahnarzt die Krawatte abgelegt und die beiden obersten Hemdknöpfe geöffnet. Das blaue Sakko und den grauen Mantel hatte er unordentlich über den Arm gelegt. Im Vergleich zu ihm sah Fräulein Lenné aus wie aus dem Ei gepellt: cremefarbene Bluse, blauer Blazer, heller Rock, der bis zu den Knien reichte, flache glänzend schwarze Schuhe. Ihre prachtvollen dunklen Haare hatte sie mit einem seidenen Band zu einem Pferdeschwanz gebunden. Kappe war sich sicher, dass sie ihn schätzte.

Zu ihren kleinen Geheimnissen, von denen keiner der Kollegen außer ihm wusste, zählte, dass sie ab und an in der «Eierschale» am Breitenbachplatz Jazz hörte und Männerbekanntschaften machte. Wenn ihr ein neuer Bekannter gefiel, fuhr sie mit ihm danach noch ins «Silver Wings» am Columbiadamm, um dort Rock 'n' Roll zu tanzen, bis über dem Tempelhofer Feld die Sonne aufging. Viele ihrer Bekannten gehörten der US Army oder deren ziviler Verwaltung an, hatte sie Kappe einmal erzählt. Sie mochte die lässige Art der Amerikaner und zog jederzeit einen Hotdog einer Currywurst vor.

Als Kappe im Fond Platz genommen hatte, fragte sie: «Sind Sie einsatzfähig?»

«Ja, das bin ich. Aber zu diesem Zahnarzt gehe ich nie wieder!»

«Ich kenne eine Zahnärztin, die ist richtig gut. Die kann ich empfehlen. Ist wirklich alles okay?»

«Ja. Wohin geht es denn?»

Lenné zögerte einen Augenblick, bevor sie antwortete: «Wir werden in die Waldemarstraße gefahren. Die Schubert ist tot aufgefunden worden.»

«Else Schubert?» Kappe war bestürzt und für einen Augenblick wie gelähmt. «Ein gewaltsamer Tod?»

«Ich weiß es nicht genau. Herr Strattmann hat mir aufgetragen, Sie so rasch wie möglich in die Waldemarstraße zu bringen. Daraus schließe ich, dass sie keines natürlichen Todes gestorben ist.»

Beide schwiegen. Kappe dachte an die Frau, die sich mühsam hatte durchschlagen müssen, die jeden Pfennig hatte zweimal umdrehen müssen, bevor sie ihn ausgab. Er stellte sich vor, wie sie tagein, tagaus aufgestanden, durch die Stadt gefahren, putzen gegangen und in ihre dunkle Wohnung zurückgekehrt war. Sie hatte sich wohl nie etwas leisten können. Statt die Abende vor einem Fernseher zu verbringen, hatte sie vermutlich vor dem Radio gesessen, um dem RIAS zu lauschen, bevor sie alleine ins Bett gegangen war – Tag für Tag.

«Würden Sie das Radio bitte etwas leiser stellen?», bat Kappe den Fahrer.

Der drehte unwirsch die Lautstärke herunter.

«Ich habe gestern den Auftrag erteilt, die Schubert, die Rathstein, den Perkel und den Neumann zu überwachen. Wissen Sie, ob das passiert ist?»

«Ja, das ist zum größten Teil ordentlich erledigt worden. Die Überwachung der Schubert hat aber aus irgendwelchen Gründen nicht funktioniert. Möglicherweise hat man sich gedacht, eine Putzfrau sei im Vergleich zu einem Baulöwen, einer Professorin und einem Senatsdirektor nicht so wichtig.»

«Wissen Sie, wie meine Anweisung übermittelt worden ist?»

«Über die Funkzentrale im Präsidium», erwiderte Lenné. «Jeder, der es wissen wollte, wusste also, wer überwacht werden sollte und wie die Adressen lauteten», stellte sie fest.

«So ist es», antwortete Kappe. «Das gefällt mir überhaupt nicht. Bei der ersten praktischen Maßnahme geht etwas schief. An Zufall glaube ich da nicht.»

Als sie die Ecke Waldemarstraße / Adalbertstraße erreichten, standen dort bereits vier Polizeiautos – zwei Käfer, ein Kleinbus und ein Opel Kapitän. Eine Handvoll Anwohner hatte sich auf dem Bürgersteig versammelt: ein junger Mann in einer ausgebeulten braungrauen Hose und einem hellen Pullover mit V-Ausschnitt, der seine Hände in die Hosentaschen gesteckt hatte, eine Frau mit Kopftuch, die ein volles Einkaufsnetz bei sich trug, sowie einige ältere Männer in Mänteln, die miteinander redeten. Alle schauten mürrisch.

Vor dem Haus der Schubert standen zwei Uniformierte. Sie salutierten, als Kappe und Lenné an ihnen vorbeieilten, um die Treppen zur Wohnung hinaufzusteigen. Die Spurensicherung war schon auf dem Rückzug und grüßte kurz die beiden Kriminalbeamten. In der Wohnung warteten Eduard Strattmann, Günter Kynast und Hans-Gert Galgenberg. Wortlos ging Galgenberg mit Otto Kappe in die Küche. Kynast folgte ihnen.

«Die Spurensicherung ist aber schnell wieder weg», stellte Kappe fest.

«War nicht viel zu tun. Haben überall rumjekiekt, aber nüscht jefunden», antwortete Galgenberg.

In der Küche lag die Frau, mit der Kappe vorgestern noch gesprochen hatte, tot auf dem Boden – bäuchlings, einen Arm zur Seite gestreckt, den anderen unter dem Körper. Die Haare an ihrem Hinterkopf waren verklebt, Blut war aus einer Wunde gesickert. Wie einen Tag zuvor trug sie einen Kittel und darunter ein geblümtes Kleid.

«Hans-Gert, was ist hier passiert?», fragte Kappe.

Der deutete auf den Kollegen Kynast. «Herr Kynast soll berichten. Er war als Erster hier.»

«Bitte, Herr Kynast!», sagte Kappe.

Der schaute in sein Notizbuch. «Ich bin bereits kurz vor sieben auf der Dienststelle gewesen, weil so viel zu tun ist. Es wurde ein Anruf zu mir durchgestellt. Es meldete sich ein Max Birrenbuch, der sich als Nachbar von Frau Schubert vorstellte. Er ist Rentner und Frühaufsteher. Heute Morgen hat er bemerkt, dass die Wohnungstür der Schubert nur angelehnt war. Das kam ihm eigenartig vor, deshalb hat er die Wohnung betreten. Er fand die Frau dann tot in der Küche und hat uns sofort benachrichtigt. Als er den Namen Schubert und die Adresse nannte, klingelte es bei mir. Ich habe umgehend die Spurensicherung benachrichtigt und bei Ihnen angerufen. Ihre Frau teilte mir mit, dass Sie beim Zahnarzt seien. Dann habe ich Herrn Strattmann und Fräulein Lenné informiert. Herrn Galgenberg habe ich unterwegs aufgelesen.»

«Wurde Frau Schubert nicht überwacht?», wollte Otto Kappe wissen.

«Ich habe niemanden gesehen.» Kynast blätterte in seinem Notizbuch. «Da mir das merkwürdig vorkam, habe ich in der Funkzentrale nachgefragt. Die teilten mir mit, dass wegen Personalknappheit gestern Abend die Freiwillige Polizei-Reserve die Überwachung an der Ecke Waldemarstraße / Adalbertstraße übernommen habe. Als ich monierte, dass von denen niemand zu sehen sei, hieß es, die könnten zum Frühstücken gegangen sein.»

«Und wann hat die Überwachung gestern Abend begonnen?»

«Etwa gegen 24 Uhr, wurde mir erklärt», antwortete Kynast.

«Erste Aktion, un schon wird jeschlampert», sagte Galgenberg.

Kynast zuckte mit den Achseln. «Wer die Freiwilligen einsetzt, muss mit so was rechnen.» Er schaute wieder auf sein Notizbuch. «Die Spurensicherung kam praktisch gleichzeitig mit uns an. Ich habe Kollegen angefordert, um den Hauseingang zu sichern.» Er überlegte. «Dann haben Herr Galgenberg und ich angefangen, die Leute im Haus zu befragen. Herr Birrenbuch ist der Einzige, der etwas bemerkt hat. Er hat am gestrigen Abend am Fenster gestanden, als gegen halb zehn zwei Männer das Haus betraten. Einer habe Trenchcoat und Hut getragen. Obwohl er vom Gesicht wegen der Kopfbedeckung nicht viel gesehen habe, könne er sich an eine seltsame Nase erinnern, meinte Birrenbuch. Der andere sei jünger gewesen, mindestens ein Meter achtzig groß. Er habe, wie Birrenbuch sagte, blonde, etwas strubbelige Haare gehabt. Die Männer machten nicht den Eindruck, in Eile zu sein. Etwa eine halbe Stunde später, also gegen zehn, hätten sie das Haus wieder verlassen. Jedenfalls ist sich Birrenbuch sicher, es seien dieselben Männer gewesen, die er vorher beim Betreten des Hauses beobachtet hatte. Da unsere Befragung ergeben hat, dass niemand von den Nachbarn gestern Abend Besuch hatte, scheinen die beiden tatsächlich bei Frau Schubert gewesen zu sein.»

«Dann gehen wir bis auf Weiteres davon aus, dass Frau Schubert um 22 Uhr nicht mehr am Leben war. Das heißt, die Männer von der Polizei-Reserve, die erst gegen Mitternacht ihren Posten bezogen, haben sich nicht davon überzeugt, dass die Schubert überhaupt zu Hause war. Sie haben eine Tote bewacht.» Kappe schüttelte verstimmt den Kopf. «Was war die Todesursache?»

Kynast schlug sein Notizbuch zu. «Wir werden die Ergebnisse der Gerichtsmedizin abwarten müssen. Ich vermute, die Frau ist erschlagen worden. Ich habe entsprechende Spuren am Hinterkopf gesehen.»

«Haben Sie das mutmaßliche Tatwerkzeug sicherstellen können?»

«Da muss ich passen. In der Wohnung haben wir nichts Entsprechendes gefunden.»

«Hat dieser Birrenbuch sonst noch etwas bemerkt?»

«Anscheinend nicht. Die Männer trugen auch nichts bei sich, was als Tatwerkzeug in Betracht kommt — jedenfalls nicht sichtbar.»

«Fingerabdrücke?»

«Keine — außer die von der armen Frau natürlich.»

«Einen Raubmord können wir angesichts der finanziellen Verhältnisse des Opfers wohl ausschließen. Wir werden uns also ganz auf die mögliche Verbindung zu Pretzky konzentrieren. Die Beschreibung des Älteren durch den Nachbarn könnte auf ihn zutreffen», stellte Kappe fest. «Ihr beiden ...», er schaute zunächst Fräulein Lenné und dann Galgenberg an, «... ihr werdet euch die Wohnung Zentimeter für Zentimeter vornehmen. Guckt auch nach, ob ihr die Adressen von der Tochter und dem Sohn der Schubert findet! Die müssen vom Tod ihrer Mutter benachrichtigt werden.»

«Wird jemacht, Chef!», sagte Galgenberg.

Die Übrigen fuhren in die Gothaer Straße zurück.

Unterwegs gab Kappe die Anweisung, Frau Rathstein so schnell wie möglich herbeizuholen. «Die nehmen wir jetzt in die Mangel!»

«Du meinst, die hat nach unserer Unterhaltung vorgestern getratscht?», erkundigte sich Strattmann.

«Wer denn sonst?»

«Dann nehmen wir uns die noch mal vor. Du siehst nicht gut aus, mein Lieber», sagte Eduard Strattmann. «Plagen dich die Folgen des Zahnarztbesuchs?»

«Ja, aber das zählt jetzt nicht», antwortete Kappe, während er sich seine Krawatte umband, die er bei seinem Arztbesuch abgelegt hatte.

Ihr Wagen wurde angefunkt. Kappe nahm das Gespräch an. Er wechselte ein paar Worte, dann erklärte er: «Keunitz will, dass wir sofort in die Altonaer Straße fahren. Dort liegt ein toter Mann auf dem Bürgersteig. Piossek ist bereits vor Ort.»

Als der Wagen in die Altonaer Straße einbog, sah Kappe vier Polizeifahrzeuge, einen Krankenwagen, einige Kerle, die sich wie Journalisten aufführten, und eine Traube von Schaulustigen.

Beim Näherkommen erkannte er, dass vor einem neunstöckigen Hochhaus auf der linken Straßenseite ein Körper lag, gekrümmt und bewegungslos. Um ihn herum standen einige Menschen, darunter ein Polizeiarzt und ein Fotograf der Spurensicherung. Er entdeckte Gerhard Piossek, der die Hände in die Hosentaschen gesteckt hatte. Auch auf den Balkonen des Hauses hatten sich Menschen versammelt.

«Morgen zusammen! Wie lange liegt die Person schon da?», wollte Kappe wissen, nachdem er ausgestiegen war. «Und schickt die Leute endlich weg, das hier ist kein Jahrmarkt!»

Ein Uniformierter antwortete: «Wir haben um elf Uhr die Meldung bekommen, vor einem Haus in der Altonaer Straße sei eine leblose Person aufgefunden worden. Wir sind sofort hierhergekommen und fanden diesen Mann, er war bereits tot. Daneben stand der Hausmeister, der einige Schaulustige zurückhielt. Er sagte, der Tote heiße Neumann und wohne im neunten Stock.»

Kappe wandte sich an den Polizeiarzt. «Können Sie schon etwas sagen?»

«Sein Körper liegt so weit von der Hauswand entfernt, dass er entweder mit aller Kraft abgesprungen ist – was aber sehr unwahrscheinlich ist –, gestoßen oder geworfen wurde. Der Mann ist verhältnismäßig klein, ich schätze, um die 1,65 Meter. Er ist vermutlich zuerst mit der linken Hüfte aufgeschlagen und dann mit dem Schädel. Meiner Einschätzung nach war er sofort tot.»

Kappe bedankte sich und schaute Gerhard Piossek an. Der erklärte: «Ich war gerade auf der Dienststelle angekommen, als die Meldung reinkam. Gestern ist einiges liegen geblieben, das ich aufarbeiten wollte. Ich hatte sofort ein ungutes Gefühl. Als mir gesagt wurde, der Tote sei höchstwahrscheinlich ein Herr Neumann, ein bekannter Bauunternehmer, hat's bei mir geklingelt. Anschließend habe ich die Kollegen informiert und gefordert, dass die euch herbeischaffen. Keunitz meldete sich dann bald. Der will sofort unterrichtet werden, wenn wir etwas wissen. Dann bin ich hierher gerast und habe die Uniformierten postiert. Mittlerweile arbeiten sich vier von uns die Stockwerke hoch, um die Bewohner zu befragen. Bereitschaftspolizei durchkämmt den Tiergarten.»

«Gut gemacht! An die Arbeit!», brummte Kappe.

Während der Fundort der Leiche weiträumig abgesperrt wurde und alle Schaulustigen zurückgedrängt wurden, betraten Strattmann, Piossek und Kappe das Hochhaus, fuhren mit dem Aufzug in den neunten Stock und begannen, die Wohnung des Toten zu durchsuchen. Zwei Männer der Spurensicherung begrüßten sie.

Die Küche war modern eingerichtet, mit weißen Schränken. Im Schlafzimmer stand ein Doppelbett, von dem offensichtlich nur eine Hälfte benutzt wurde. Im Arbeitszimmer entdeckte Kappe einen großen Schreibtisch, einen bequemen Sessel, Regale mit Aktenordnern und einen schmalen, hohen Glasschrank, gefüllt mit Flaschen und Gläsern.

Piossek studierte die Flaschensammlung. «Ganz schön teures Zeug!», stellte er fest.

Das Wohn- und Esszimmer war, wie es Kappe schien, ausgesprochen teuer und gediegen eingerichtet. Vor der einen Wand ein auffälliger SABA-Fernseher, ein Radio und ein Plattenspieler, daneben eine respektable Plattensammlung — Percy Faith, Elvis,

The Drifters, Connie Francis, Johnny Preston, aber auch Freddy Quinn und René Carol. Auf der gegenüberliegenden Seite eine Vitrine, die Geschirr beherbergte. Ein massiver Esstisch, sechs Stühle. Ein grünes Sofa für zwei Personen, drei dazu passende Sessel, ein viereckiger Glastisch. An der Wand hingen zwei Gemälde von Bernard Buffet. Das eine zeigte einen Mann mit Violine, das andere eine Landschaft, im Hintergrund war eine Fabrik zu sehen. Alle Möbel waren aufeinander abgestimmt und wirkten wie fabrikneu.

Kappe suchte vergeblich nach kleinen, alltäglichen Dingen, die man einfach herumliegen ließ – Büchern oder Zeitungen zum Beispiel, Kleidungsstücken oder wenigstens Manschettenknöpfen. Alles wirkte wie geleckt.

Auf dem Balkon entdeckte er zwei Liegestühle, mehrere Paar Schuhe und eine Art Spind. Von hier aus bot sich ihm ein weiter Blick über den Tiergarten. Von unten schallten Stimmen herauf. Kappe beugte sich über die Balkonbrüstung und schaute auf die Menschen hinab. Beängstigend tief, stellte er fest. Gerade wurde der Leichnam abtransportiert. Er rief in die Wohnung: «Hat einer von euch die Eingangstür auf Spuren untersucht?»

«Ja», antwortete einer der Spurensicherer, «haben wir sofort getan. Keine Spur, die auf ein gewaltsames Eindringen deutet.»

«Danke!», rief Kappe. Er wusste, dass er sich auf die Arbeit seiner Kollegen verlassen konnte.

Auf dem Balkon fand er eine kaputte Bierflasche. «Habt ihr euch schon die Scherben auf dem Balkon angesehen?»

«Nee, das kommt noch.»

Er schaute sich den Rahmen der Balkontür an. Ihm fiel auf, dass am Rand etwas Holz abgesplittert war. «Guckt euch die Balkontür bitte genau an!»

«Wird gemacht!»

In der Wohnung fiel etwas krachend zu Boden. «Elender Mist!» Das war Piosseks Stimme.

«Was ist passiert?»

Piossek erschien an der Balkontür. «Das Bild vor dem Wandsafe ist mir runtergefallen. Wir benötigen einen Spezialisten für den Safe.»

«Bredow soll sich darum kümmern. Der kann das», sagte Kappe und wandte sich wieder dem Balkon zu. Keine Spuren eines Kampfes, lediglich die Bierflasche und ein bisschen abgesplittertes Holz an der Balkontür. Otto Kappe überlegte. Es mussten mindestens zwei Täter gewesen sein. Neumann war vermutlich hochgewuchtet, über die Brüstung gehievt und losgelassen worden. Sicherlich hatte er sich gewehrt. Kappe schüttelte den Kopf und kehrte in die Wohnung zurück.

Strattmann schaute sich in der Küche um, untersuchte die Gläser in der Spüle und den Müll. Piossek hatte sich an den Schreibtisch gesetzt. «Der Tote sieht auf den Fotos, die ich hier gefunden habe, fast wie ein Zwillingsbruder von Mickey Rooney aus», sagte er.

Kappe trat zu Piossek und blickte auf die Bilder. «Stimmt. Prüft bitte nach, ob es sich wirklich um Wohnungsmieter Neumann handelt, auch wenn der Hausmeister das schon bestätigt hat!»

Er verließ die Wohnung, um sich vor dem Haus umzusehen. Wo der Körper des Mannes gefunden worden war, standen zwei uniformierte Polizisten. Am Straßenrand parkte ein Polizei-Käfer. Bis auf die Polizisten und zwei einsame Zuschauer war der Bereich vor dem Hochhaus nun leer. Auch Journalisten waren keine mehr zu sehen.

Er ließ sich von den Polizisten ins Büro fahren. Während der Fahrt schluckte er zwei Spalt-Tabletten.

Kynast meldete sich über Funk. «Wir wissen jetzt mit hundertprozentiger Sicherheit, dass es sich bei dem Toten um den Bauunternehmer Axel Neumann handelt», erklärte er.

Kappe ordnete an, dass der Schutz für Perkel, den Direktor des Bausenats, zu erhöhen sei. Außerdem müsse Herr Maischonnek vom Staatsschutz sofort ins Büro gebeten werden. Schließlich erkundigte er sich, ob die Professorin Rathstein bereits im Büro sei. Die warte schon auf ihn und sei ziemlich ungehalten, lautete Kynasts Antwort. Na, der werd ich was erzählen!, dachte Kappe und bat darum, Ludwig Bredow zu informieren, dass er die Vernehmung mit ihm zusammen durchführen solle.

Als er im Büro ankam, wartete bereits Frieda Kessel auf ihn, die ihr Wochenende unterbrochen hatte, als sie benachrichtigt worden war.

«Danke schön, dass Sie gekommen sind. Wahrscheinlich hatten Sie für heute etwas Schöneres vor, als hier zu sitzen», bemerkte Kappe.

«So spannend sind meine Sonnabende nicht, dass ich jetzt in Tränen ausbrechen würde», antwortete sie. «Bevor Sie mit Frau Rathstein sprechen, möchte der Herr Kriminalrat mit Ihnen reden. Der sitzt wie auf heißen Kohlen in seinem Zimmer. Außerdem haben Sie eine ziemlich lange Liste von Telefonaten abzuarbeiten.»

Kappe knurrte. «Pflichtanrufe am Sonnabend, das wird ja immer schöner!» Er machte sich auf den Weg zu Keunitz.

«Neumann?», fragte der lediglich, nachdem Otto Kappe das Büro betreten hatte.

«Ja, bei dem toten Mann handelt es sich um Neumann», bestätigte Kappe.

«Das wird ein ziemliches Theater geben. Haben Sie bereits irgendwelche Hinweise?»

«Bisher nicht, wir müssen die Ergebnisse der Spurensicherung abwarten.»

«Und die tote Frau, was ist mit der?»

«Da gibt es bis auf einen Zeugen, der zwei Männer gesehen haben will, auch noch nichts. Mein Eindruck ist, dass wir mit unseren Befragungen der Schubert und der Rathstein etwas in Gang gesetzt haben. Was, weiß ich aber noch nicht.»

«Sie meinen also, Herr Kappe, es besteht eine Verbindung zwischen den beiden Todesfällen?»

«Ja, diesen Verdacht habe ich. Frau Schubert ist vor einiger Zeit von Pretzky kontaktiert worden. Und ihren Namen haben wir im Gespräch mit Frau Rathstein erwähnt. Kurz darauf ist die Schubert tot. Und der Neumann kannte die Rathstein aus der Kampfgruppe. Und auch der ist nun tot. Ich kann mir vorstellen, dass die Rathstein herumtelefoniert hat. Vielleicht hat sie auch die Mörder kontaktiert.»

Nach dem kurzen Gespräch ging Kappe zurück in sein Büro. Im Vorzimmer wartete bereits Bredow.

«Du kommst mit, wir werden die Rathstein unter Druck setzen», sagte Kappe zu ihm. «Frau Kessel, Sie stenografieren», fügte er hinzu. «Wird Perkel bewacht?»

«Ja, Herr Kappe, und der von Ihnen hierhergebetene Herr Maischonnek ist im Anmarsch. Was sollen wir mit ihm machen, solange Sie sich mit Frau Rathstein unterhalten?»

«Er möge warten, und jemand soll ein Auge auf ihn haben.»

Sie fanden die Professorin mit ihrer Handtasche auf den Knien im Besprechungszimmer. Auf dem Tisch vor ihr stand eine Tasse Kaffee.

«Frau Rathstein, wo waren Sie nach unserem gestrigen Gespräch, mit wem hatten Sie Kontakt, und wo haben Sie sich gestern Abend und heute Morgen aufgehalten?», begann Kappe.

Er hatte Protest erwartet, doch die Rathstein antwortete ruhig und gelassen: «Nach unserem Gespräch bin ich in die Universität gefahren und habe dort bis etwa neunzehn Uhr gearbeitet.»

«Gibt's dafür Zeugen?», unterbrach Bredow.

«Mehrere.»

«Namen und Anschriften!», knurrte Bredow, der einen erstaunten Blick der Professorin erntete.

«Die bekommen Sie. Anschließend bin ich zu Fuß in meine Wohnung gegangen. Über die Hardenbergstraße und die Joachimsthaler Straße, dann die Bundesallee entlang, bis ich die Landauer Straße erreicht habe. Ich laufe gern mal ein paar Kilometer, wenn ich vorher lange gesessen habe.»

«Hat Sie jemand gesehen?»

«Beim Modehaus Leineweber habe ich mir die Bekleidung im Schaufenster angeschaut. Ich bin mir aber nicht sicher, ob die Schaufensterpuppen mich wiedererkennen würden.»

«Uns ist nicht nach Scherzen zumute», fuhr Kappe sie an.

Bredow fragte weiter: «Haben Sie nach dem Gespräch mit den Herren Kappe und Strattmann telefoniert oder sich mit jemandem getroffen?»

«In der Universität habe ich natürlich Kollegen getroffen, sonst niemanden. Und zu Hause habe ich mir Abendessen zubereitet, Radio gehört und noch ein wenig gearbeitet. Dann bin ich schlafen gegangen. Heute Morgen bin ich recht früh wieder in mein Büro, etwa gegen halb acht. Dort erreichte mich Ihre Bitte hierherzukommen.»

«Kann jemand bestätigen, dass Sie bis eben in der Universität waren?», wollte Kappe wissen.

«Nein. Es ist Sonnabend, wie Sie wissen.»

«Das ist schlecht», stellte Otto Kappe fest, «ganz schlecht. Denn nachdem wir gestern mit Ihnen die Personen auf der Fotografie durchgegangen sind, wurden zwei von denen getötet. Und wir haben bisher nur mit Ihnen über diese Sache gesprochen. Das sieht nicht nach Zufall aus.»

«Unsinn!», antwortete die Professorin.

«Das wird sich herausstellen», entgegnete Bredow. «Verlassen Sie sich darauf!»

«Sie wollen mich unter Druck setzen. Das wird Ihnen nicht gelingen. Wer ist denn überhaupt tot?»

Bredow beugte sich nach vorn. «Stellen Sie sich nicht dümmer, als Sie sind! Wenn Sie uns belügen, werden wir es herausfinden. Unsere amerikanischen Freunde hören so manches Telefongespräch mit. Ich würde mich nicht wundern, wenn das auch für Ihre Telefonate gilt ...»

«Das ist wider das Gesetz», erwiderte die Professorin ungerührt.

«Sie können sich beim Stadtkommandanten beschweren», sagte Kappe.

Die Frau schwieg. Dann nestelte sie nervös am Verschluss ihrer Handtasche. «Ja, mein Gott, ich habe gestern in der Uni einen alten Freund angerufen und ihm von dem Foto erzählt.»

«Wer war das?», brummte Bredow.

«Axel Neumann. Und später habe ich auch Edgar Maischonnek davon berichtet.»

«Waren das alle?» Bredow konnte seine Wut kaum verbergen.

«Mit Herrn Perkel habe ich ebenfalls kurz gesprochen.»

«Das sind schon drei. Sie haben uns angelogen», sagte Otto Kappe ruhig. «Warum? Für eine Beamtin wie Sie kann das böse Folgen haben.»

«Ich wollte nicht als Tratschtante dastehen. Das bin ich auch nicht.»

«Wen haben Sie noch kontaktiert?»

«Sonst niemanden.»

Es entstand eine Pause.

«Sie wirken nicht sehr glaubwürdig. Denn offenbar wussten Sie, wo Sie Maischonnek telefonisch erreichen konnten», fuhr Kappe fort. «Obwohl Sie gestern noch den Anschein erweckt haben, nichts über ihn zu wissen.»

«Ich wusste tatsächlich, dass er beim Staatsschutz arbeitet, aber ich hatte keinen Kontakt zu ihm. Verstehen Sie denn nicht? Nach so langer Zeit befragen Sie mich zu einem alten Foto, auf dem ehemalige Kameraden abgebildet sind, und wollen über deren Verbleib Bescheid wissen. Nach dieser Befragung habe ich nachgedacht.»

«Worüber?», fragte Bredow.

«Ich war irritiert über Ihr Interesse an den Leuten auf dem Foto. Daher wollte ich selbst wissen, wie es ihnen geht. Mehr nicht.»

«Was genau haben Sie Maischonnek am Telefon gesagt?», hakte Kappe nach.

«Dass dieses Foto aufgetaucht sei. Dass einige von uns darauf zu sehen seien.»

«Ist dabei der Name Schubert gefallen?», wollte Kappe wissen.

Die Frau zögerte. «Nein. Aber Neumann wies darauf hin, dass auf dem Foto, das nach der Kiosk-Aktion gemacht wurde, auch Pretzky und dessen damalige Freundin zu sehen sein müssten. Das ist alles.»

«Sowohl Neumann als auch die damalige Freundin Pretzkys, Schubert mit Namen, sind heute tot aufgefunden worden», sagte Kappe. «Haben Sie eine Erklärung dafür? Wissen Sie etwas darüber?»

Frau Rathstein erstarrte. «Das ist ja schrecklich! Der arme Axel! Jetzt verstehe ich endlich, warum Sie mich vernehmen.»

Kappe wurde das Gefühl nicht los, dass die Rathstein von den beiden Todesfällen bereits gewusst hatte. Aber beweisen konnte er es nicht. Sie kamen so nicht weiter. «Sie können jetzt gehen. Verlassen Sie aber die Stadt nicht!», sagte Kappe.

Frau Rathstein nickte, griff nach ihrer Handtasche und verließ das Dienstzimmer wortlos.

«So knacken wir die nicht», grummelte Bredow. «Der müssen wir etwas Handfestes nachweisen, damit sie redet.»

«Jedenfalls weiß sie mehr, als sie zugibt», ergänzte Kappe. «Wie war Ihr Eindruck, Frau Kessel?»

«Die ist kalt wie eine Hundeschnauze.»

«Und trotzdem hat sie uns verraten, dass sie mit Neumann, Maischonnek und Perkel geredet hat», wandte Otto Kappe ein.

«Weil sie damit rechnen musste, dass wir das rauskriegen», erklärte Bredow. «Die gibt immer nur so viel preis, wie sie muss.»

Es folgte die Vernehmung Maischonneks. An ihr nahm neben Kappe Strattmann teil, Frau Kessel stenografierte wieder. Maischonnek erwartete die Polizeibeamten in einem anderen Raum. Kappe fand die lässige Haltung, in der er dasaß, im grauen Flanell, einen schwarzen Filzhut vor sich auf dem Tisch, unangemessen.

Er nannte seinen Namen nebst Dienstrang und stellte Strattmann und Frau Kessel vor.

«Herr Maischonnek, gestern hat Sie Frau Professor Rathstein angerufen, um Sie über eine Fotografie zu befragen. Was haben Sie ihr berichtet?»

«Herr Kollege, mein Vorgesetzter hat mir keine Aussagegenehmigung erteilt. Insofern kann ich Ihnen darüber nichts sagen.»

Strattmann und Kappe waren im ersten Moment zu verblüfft, um zu reagieren. Schließlich sagte Strattmann, rot vor Zorn: «Hier geht es um Gewaltverbrechen, Herr Maischonnek! Ich habe schon eine Menge erlebt während meiner Dienstzeit. Aber dass ein Staatsschützer in einer Vernehmung wegen Tötungsdelikten die Aussage verweigert, habe ich noch nie erlebt.»

«Meine Herren, ich kann mich nur wiederholen», sagte Maischonnek.

Kappe holte tief Luft. «Nun lassen Sie mal gut sein, Maischonnek! Sie sollten uns die Arbeit nicht schwerer machen als nötig. Auf was bezieht sich denn Ihre fehlende Aussagegenehmigung?»

Maischonnek zögerte, bevor er antwortete: «Auf Erkenntnisse über rechtsextremistische Kreise in Berlin.»

«Prima!» Strattmann grinste. «Es geht uns um Frau Professor Rathstein und eine Frau Schubert, die gestern ermordet wurde. Keine von ihnen gehört einer rechtsextremistischen Gruppierung an. Also können Sie beruhigt aussagen.»

Maischonnek schwieg.

«Nun geben Sie sich mal einen Ruck!»

«Frau Schubert war mit einem Mitglied eng befreundet.»

«Einem Mitglied von was?», fragte Kappe.

«Der Kampfgruppe.»

«Aha», sagte Strattmann. «Und nun sagen Sie uns bitte noch, wo wir das Kampfgruppenmitglied Pretzky finden.»

Maischonnek schwieg erneut.

«Haben Sie die Sprache verloren, Herr Maischonnek?», fragte Kappe. «Frau Kessel, halten Sie bitte im Protokoll fest, dass der Staatsschutz von der Anwesenheit Pretzkys in Berlin wusste», sagte Kappe. «So jedenfalls legen wir das Schweigen des Zeugen Maischonnek aus.»

«Sie bringen mich in Teufels Küche!», rief der Staatsschützer wütend.

«Da stecken Sie bereits drin», warf Strattmann ein. «Wenn der Regierende erfährt, wie der Staatsschutz und namentlich Sie unsere Arbeit behindern, werden Sie Probleme bekommen.»

Maischonnek schluckte. «Ja, wir wussten, dass der Pretzky wieder in der Stadt ist», sagte er.

«Na also! Seit wann?», wollte Strattmann wissen.

«Das weiß ich nicht, wir haben einen Hinweis von den Amis bekommen.»

«Von den Amis? Bezog sich dieser Hinweis nur auf Pretzky?», fragte Strattmann.

Maischonnek nickte.

«Bitte antworten Sie!», fuhr Strattmann den Geheimdienstmann an.

«Auf Pretzky.»

«Wo ist Pretzky jetzt?», fragte Kappe.

«Er wird von uns an der langen Leine geführt. Wo er genau ist, kann ich nicht sagen. Sie haben übrigens zu verantworten, dass die ganze Geschichte ins Rollen kam.»

Strattmann wurde sichtlich sauer. «Sie bewegen sich auf ganz schön dünnem Eis, Herr Maischonnek! Nun spucken Sie schon aus, was Sie wissen!»

«Auf Ihrem Fußballabend ist durchgesickert, dass Herr Oberkommissar Kappe in der Wohnung der Schubert etwas gefunden hat, für das sich die Kripo brennend interessiert. Dann hat die Rathstein nach dem Gespräch mit Ihnen anscheinend gequatscht. Sie hat wohl nicht nur mich angerufen. So kam vermutlich eines zum anderen.»

«Was soll das heißen?», erkundigte sich Kappe.

Maischonnek kramte seine Zigaretten aus der Jackentasche, schwieg aber.

«Aus welchem Grund hatte der Staatsschutz Pretzky im Visier?», fragte Kappe nun.

«Er ist für uns nicht berechenbar. Als der Voißel dann hier aufkreuzte und seine Geschichten auftischte, wurden wir hellhörig.» Er zündete sich eine Zigarette an. «Könnte das Folgende unter uns bleiben?»

Kappe nickte Strattmann zu. Der sagte: «Frau Kessel, Sie können das Stenogramm an dieser Stelle beenden und gehen. Danke für Ihre Hilfe!»

Maischonnek lehnte sich zurück. «Im Prinzip ist alles richtig, was Voißel gesagt hat. Nur der Blickwinkel ist falsch. Wir waren nie davon überzeugt, dass ein Anschlag auf Brandt beabsichtigt ist. Wir waren vielmehr der Ansicht, dass die Rechtsextremisten in West-Berlin eine Front gegen die linken Studenten aufzubauen versuchen. Wer will es ihnen verdenken! Die Linksextremen spielen dem SED-Regime doch in die Karten!»

«Wer hat das Sagen in der rechten Szene?»

«Weiß ich nicht. Pretzky ist lediglich ein Kerl fürs Grobe. Eine wichtige Rolle spielt ein Mann namens Eberhard Wagner. Von wem der seine Aufträge erhält, kann ich nicht sagen.»

«Ist das auch ein alter Bekannter von Ihnen, so wie Pretzky? Den kennen Sie doch aus der Kampfgruppe», warf Strattmann ein.

«Das ist richtig, ich kenne sowohl Pretzky als auch Wagner aus der Kampfgruppe gegen Unmenschlichkeit. Die gehörten damals zu den Aktivisten, sie waren zu allem bereit.»

«Was hat die Rathstein mit der Geschichte zu tun? Was ist ihre Aufgabe?»

«Das kann ich Ihnen nicht sagen, weil ich es nicht weiß. Ich habe heute eigentlich auch nichts mehr mit ihr zu tun. Es hat mich selbst gewundert, dass sie mich angerufen und mir von dem

Foto erzählt hat. Sie wusste, dass ich beim Staatsschutz arbeite. Vielleicht wollte sie mich aushorchen.»

«Und Sie selbst? Sie waren ja schließlich auch in der Kampfgruppe, und Frau Rathstein hat Sie kontaktiert», sagte Bredow.

«Ich habe diese Leute damals bewundert, und ich habe geholfen, Flugblätter zu verteilen und mit Gasballons in die Zone treiben lassen, Leute aus Ost-Berlin zu beobachten und darüber Reports zu schreiben. Später haben wir eben manchmal etwas angezündet oder in die Luft gesprengt. Aber ich habe niemals jemandem ein Leid zugefügt. Dafür waren Leute wie Pretzky zuständig. Es gab von denen ja auch genug. Damals hatte die Kampfgruppe allein in Berlin an die hundert Mitglieder. Aber diese Zeit ist lange vorbei, auch für mich.»

«Wo sind diese hundert Mitglieder heute?»

«In aller Herren Länder verstreut, in Rente oder Pension, tot, beim BND gelandet, für den russischen Geheimdienst tätig – niemand weiß das so genau.»

«Für das KGB?», fragte Kappe verblüfft. «Das waren doch hartgesottene Antikommunisten!»

«Als die Kampfgruppe in den Fünfzigerjahren abserviert wurde, haben die einen es bei den Amis probiert oder bei den Briten. Andere gingen, wie gesagt, zum BND. Wieder andere verschwanden von der Bildfläche. Für einige blieb nichts, außer sich den Roten anzudienen.»

Kappe schloss die Vernehmung. Später schrieben er und Strattmann ein Gedächtnisprotokoll der letzten zwanzig Minuten. Alle Berichte lagen nun auf Friedhelm Keunitz' Schreibtisch – und vermutlich auch auf dem von Günther Niederzier.

Am Abend klingelte es an Otto Kappes Haustür. Davor standen Onkel Hermann und Vater Oskar.

«Wir konnten es nicht mehr aushalten», erklärte Oskar. «Wir wollten mal gucken, wie es dem frischernannten Nazi-Jäger geht.

Hermann ist übrigens viel neugieriger als ich, gibt das aber nicht zu», flachste er. «Friedel und Klara lassen grüßen, sie drücken dir die Daumen.»

Gertrud begrüßte die beiden lachend. «Habt ihr bereits zu Abend gegessen?»

Es gab Kartoffelsalat, Lyoner Wurst, Gurken, Graubrot und Schultheiss Pilsener. Die beiden Alten führten das Wort.

«Im RIAS wurde berichtet, ein Baulöwe sei ermordet worden», sagte Oskar. «Das wird ein Schlag für Bausenator Rolf Schwedler sein.»

«Der Genosse Schwedler ist dir doch ein Begriff, oder?», ergänzte Hermann.

Oskar kam jetzt richtig in Fahrt. «Schwedler und seine Saufkumpane haben mal nach einer feuchtfröhlichen Feier einen Streifenwagen gekapert. Dora 25, mit Martinshorn auf dem Dach und allem, was dazugehört.»

Hermann hatte erstaunt zugehört. «Was du alles weißt ...»

«Und das kam so: Der Besatzung der Dora 25 war von der Zentrale befohlen worden, eine Schlägerei zu schlichten. Die also hin, raus, Schlägerei beendet. Aber als sie vom Einsatz zurück- kamen, schaukelte Dora 25 wild hin und her.»

Otto mischte sich milde ein. «Erzähl keine Märchen, Papa, so schlimm war es bestimmt nicht!»

«Was, nicht so schlimm? Hast du es damals nicht in der *Morgenpost* gelesen? Jedenfalls fanden deine Kollegen Schwedler und seine Freunde in der Dora. Sie schaukelten den Streifen- wagen hin und her. Blaulicht an, Blaulicht aus, Blaulicht an, Blau- licht aus.»

«Und so einer ist Bausenator?», fragte Gertrud verblüfft. «Einen Streifenwagen kapern! Wo gibt's denn so was?»

«Na, in Berlin!», erwiderte Oskar lachend. «Genosse Schwed- ler musste zu Willy Brandt und sich entschuldigen.»

Otto saß mit ernstem Gesicht am Tisch, zog die Augen- brauen zusammen und lauschte den Worten seines Vaters. Dann wandte er sich zu seinem Onkel. «Mal ganz etwas anderes. Du hattest doch während deiner Zeit bei der Kripo auch mit den Nationalsozialisten in der Stadt zu tun. Wie seid ihr mit denen umgegangen?»

«Meinst du während des Kriegs oder danach?»

«Danach.»

«Direkt nach dem Krieg gab es leider bei uns allerlei Leute, die schon in der NS-Zeit in Amt und Würden gewesen waren. Schon in der Weimarer Republik gab es viele Antidemokraten bei der Kripo – auch wenn die Polizeiführung überwiegend in sozialdemokratischer Hand war. Woher also sollten plötzlich genug demokratisch gesinnte Kripobeamte herkommen? Entsprechend war der Umgang mit politisch motivierten Verbrechen.»

«Aber …»

«Du weißt doch selbst, wie es nach 1945 war, Otto. Die Älteren wurden in neue Polizeiuniformen gesteckt. Darunter war so mancher, der richtig Dreck am Stecken hatte. Jeder verfügbare Mann wurde ab 1947 benötigt. Denn es ging ja gegen die Kommunisten, die galten als die Hauptfeinde. Die Entnazifizierung änderte nicht viel. Ich erinnere mich daran, dass Ende der Fünfzigerjahre das Gerücht die Runde machte, der Chef des Bundesnachrichtendienstes, General Gehlen, habe mit den Amis gesprochen, um den Aufstieg der Sozialdemokraten im Land zu verhindern. Vor allem Brandt war denen ein Dorn im Auge. Von einem Putsch war sogar die Rede, um eine SPD-Regierung in West-Berlin zu verhindern.»

«Du meinst, die Polizei hat einen gehörigen Anteil daran, dass der Rechtsextremismus heute wieder unser Staatswesen bedroht?»

«Natürlich», sagte sein Onkel. «Du darfst nicht vergessen, dass Polizeibeamte in der Regel Menschen mit einem beträchtlichen Anpassungsvermögen sind.»

Die lockere Stimmung war dahin. Die beiden alten Herren hielt es nicht mehr lange im Horstweg. Sie zogen gut versorgt mit

Kartoffelsalat und Bier ab, um ihren Ehefrauen zu berichten, dass es Gertrud und Otto gutgehe.

Als sie gegangen waren, fragte Gertrud: «Hast du Probleme mit deiner neuen Aufgabe?»

«Nein», antwortete Otto. «Ich frage mich nur, was noch alles ans Tageslicht kommen wird.»

FÜNF
Sonntag, 20. November 1966

ALS PETER KAPPE seinen Eltern am nächsten Morgen einen Besuch abstattete, sagte er zur Begrüßung: «Bei euch gibt's sonntags immer die besten Schrippen. Außerdem brauche ich frische Wäsche.»

Gertrud und Otto Kappe freuten sich, ihren Sohn zu sehen, der sich oft wochenlang nicht bei ihnen blicken ließ, denn er war seit einiger Zeit mit ein paar Freunden zusammengezogen.

Peter schaute seine Eltern an. «Ich glaube, euch täten ein paar Tage Urlaub gut.»

«Sehen wir aus, als hätten wir es nötig?», fragte der Vater verblüfft.

«Ja, das Kapital und der Staat als dessen Agent haben euch ganz schön ausgelaugt», erwiderte der Sohn lächelnd. «Stärkt lieber die Macht der Arbeiterklasse und ihrer revolutionären Avantgarde!»

«Lass den Unsinn!», sagte seine Mutter. «Deine frischgewaschenen Hemden liegen schon bereit.»

Peter setzte sich an den Tisch und ließ sich Kaffee einschenken.

«Wie läuft es an der Uni?», erkundigte sich Otto, obwohl er ahnte, dass er mit dieser Frage vermintes Gelände betrat, weil der Sohn mehr Zeit in irgendwelchen linken Gruppen verbrachte als im Hörsaal. Genaues wussten die Eltern darüber aber nicht.

«Ach ja», antwortete Peter, «es läuft ganz ordentlich. Nebenbei bereiten wir Protestaktionen und Demos gegen die verbrecherische Politik der Amerikaner in Vietnam vor.»

«Dann kriegt ihr sicherlich bald engeren Kontakt mit meinen uniformierten Kollegen.»

«Das kann schon sein», sagte Peter und schwieg dann. Offenbar wollte er keinen ausufernden Streit mit seinem Vater beginnen.

«Magst du das?», fragte Gertrud, als sie ein Glas Nutella auf den Tisch stellte. «Das ist ganz neu, soll besonders gut schmecken.»

«Natürlich esse ich das.» Peter lachte.

Otto Kappe schaute erstaunt zu, wie sein Sohn sich mit affenartiger Geschwindigkeit ein Brot nach dem anderen zubereitete, dann kräftig in die dick mit der braunen Masse bestrichene Brotscheibe biss und zwischendurch einen Schluck Kaffee trank. Schließlich stand der Vater auf, zog sich seine Windjacke an und nahm sein Notizbuch in die Hand. «Ich muss heute ausnahmsweise noch mal zur Kripo. Ich bin gegen Mittag wieder zurück.» Er verabschiedete sich von den beiden und drückte seinen Sohn an sich, der das lächelnd über sich ergehen ließ. Gar kein schlechter Beginn für einen trüben Sonntagmorgen im November, dachte der Kriminaloberkommissar.

In Günther Niederziers Dienstzimmer warteten der Kripochef, der Kriminalrat Friedhelm Keunitz, Eduard Strattmann und, zu Otto Kappes Überraschung, Gerhard Piossek.

«Ihre Berichte haben wir gelesen», sagte Niederzier und eröffnete ohne weitere Vorbemerkung die Sitzung. Er trug wie Kappe eine Windjacke, Keunitz und Piossek waren dagegen in Anzügen erschienen, hatten aber auf Krawatten verzichtet. Strattmann saß in einer karierten Jacke aus dickem Wollstoff da. «Jetzt sagen Sie uns bitte ganz offen Ihre Meinung, Herr Kappe!»

«Gut, dann fange ich mit den beiden Morden an. Wir haben bisher keine handfesten Beweise. Ich frage mich aber, warum die Leiche der Frau Schubert nicht beseitigt wurde. Der oder die Mörder mussten damit rechnen, dass ihre Tat rasch bemerkt würde. Das hat sie anscheinend nicht gestört. Offenbar ging es ihnen lediglich um zwei Dinge: die Frau sofort zum Schweigen zu bringen und eventuell irgendwelches Material mitzunehmen, das der Kripo nicht in die Hände fallen sollte. Die Kollegin Lenné und der Kollege Galgenberg haben die Wohnung allerdings äußerst penibel untersucht und keinen Hinweis darauf gefunden, dass Gegenstände entwendet wurden. Verwertbare Fingerabdrücke gibt es auch nicht. Dafür haben wir eine Zeugenaussage, laut der zwei fremde Männer am Abend das Wohnhaus betreten haben. Da alle Nachbarn behaupten, sie hätten zu der Zeit keinen Besuch gehabt, können sie eigentlich nur bei Frau Schubert gewesen sein. Laut der Beschreibung des Zeugen handelte es sich um einen Mann mit Hut und einer auffälligen Nase – ich vermute, dass das Pretzky war – und einen zweiten, jüngeren Mann.» Er überlegte. «Die Täter scheinen keine Angst gehabt zu haben, erkannt zu werden.»

Piossek ergänzte: «Es hat den Anschein, dass sich die Täter ohne Hektik am Tatort bewegt haben. Ich bezweifle, dass wir sie jemals finden werden.»

«Wir werden unser Möglichstes tun, sie zu finden», korrigierte ihn Kappe. Er schaute Strattmann an, der nickte bestätigend. «Weder in der Wohnung von Else Schubert noch in der von Axel Neumann haben wir Spuren gefunden. Eine Absplitterung am Holz der Balkontür von Neumann scheint mit dem Mord nichts zu tun zu haben. Fingerabdrücke an den Scherben einer Bierflasche konnten Neumann zugeordnet werden. Es gibt zu diesem Fall keine Zeugenaussagen. Wir können nicht ausschließen, dass sich der oder die Mörder unter den Schaulustigen befunden haben, die vor dem Haus standen. Die Personalien der Schaulustigen wurden leider nicht registriert.» Kappe überlegte, schaute kurz in sein Notizbuch. «Vielleicht sollten wir die Bewohner des Hauses, in dem Neumann wohnte, zur Sicherheit noch mal befragen, in aller Ruhe.»

Piossek winkte ab. «Die Befragungen wurden ordnungsgemäß durchgeführt. Ich glaube nicht, dass sich durch eine zweite Runde mehr ergibt.»

Otto Kappe schaute seine Zuhörer an und wartete auf Fragen. Es gab jedoch keine. «Nun zu Frau Professor Rathstein. Sie war früher Mitglied der Kampfgruppe. Es scheint, als habe sie die Morde – möglicherweise unwissentlich – ausgelöst. Welche Bedeutung sie bei alledem hat, können wir noch nicht sagen. Ich schlage vor, sie rund um die Uhr zu observieren.»

«Schließlich die Vernehmung Maischonneks», übernahm Strattmann. «Er hat zugegeben, dass der Staatsschutz von Pretzkys Aufenthalt in Berlin wusste. Meine Vermutung ist, dass der Staatsschutz ebenfalls darüber informiert ist, wo dieser Wagner steckt. Zumindest wissen wir jetzt, dass der Wagner auch in der Kampfgruppe war. Maischonnek tat so, als könne er nicht mehr sagen. Er meinte, die Zeiten der Kampfgruppe seien vorbei und er wüsste nicht, wie das alles zusammenhängt. Der Staatsschutz gehe davon aus, dass rechte Kreise es auf linke Studenten abgesehen hätten. Wir sollten ihn uns noch einmal vornehmen.»

«Das wird schwierig», warf Niederzier ein. «Gestern Abend hat sich der Staatsschutz bei mir massiv beschwert und behauptet, Sie und Herr Kappe hätten Maischonnek zu Aussagen gezwungen.»

«Die haben sich beschwert?» Kappe war verblüfft.

«Ja. Maischonnek ist bereits ab morgen in die Sicherungsgruppe Bonn versetzt. Das sind die Kollegen, die in Bonn für die Bundesregierung arbeiten. Damit haben wir keinen Zugriff mehr auf ihn.»

Kappe lief rot an. «Aber das ist …»

«Da ist nichts zu machen, Herr Oberkommissar», unterbrach ihn Niederzier. «Sie wissen so gut wie ich, dass meine Möglichkeiten in diesem Fall begrenzt sind.»

Kappe schaute Strattmann an. Der zuckte mit den Achseln. «Meine Leute werden das im Hauptausschuss zur Sprache bringen», sagte er.

Kappe schüttelte den Kopf. Er war skeptisch. In dem Gremium mit dem nichtssagenden Titel «Hauptausschuss» saßen die gewählten Vertreter West-Berlins mit den Generälen der Westalliierten, um über strittige Themen zu verhandeln. Dass da ihre Probleme mit Maischonnek auf den Tisch kämen, bezweifelte er. «Wie dem auch sei», sagte Kappe, «Kynast hat gut gearbeitet. Er hat sich die Wohnungsanmietungen der vergangenen Monate genau angeschaut und ist auf ein knappes Dutzend gestoßen, die auf Pretzky und Wagner deuten könnten. Allerdings füge ich hinzu: Wer heute nach Berlin kommt, findet verschiedenste Möglichkeiten, irgendwo unterzukommen, ohne im Melderegister aufzutauchen. Die Recherchen über die Mitglieder der Kampfgruppe gegen Unmenschlichkeit waren laut Herrn Piossek unergiebig. Alles in allem ist festzustellen, dass wir nur sehr langsam vorankommen.»

«Danke, Herr Kappe», sagte Niederzier. «Sie haben insgesamt sehr gute Arbeit geleistet. In welche Richtung wollen Sie in den kommenden Tagen ermitteln? Nach meiner Auffassung wird es höchste Zeit, dass wir mit unseren amerikanischen Freunden ins Gespräch kommen.»

«Ich habe meine Fühler bereits ausgestreckt», mischte sich Strattmann ein.

Kappe war verblüfft. «Warum erfahre ich das jetzt erst?», fragte er spitz.

«Kein Grund, misstrauisch zu werden, Otto. Du weißt, dass meine Partei seit Langem gute Kontakte zu den Amerikanern hat. Ich habe signalisieren lassen, dass wir miteinander reden sollten.»

Kappe brummte.

«Im Übrigen gilt für die, was auch für unsere Oberen gilt», spottete Strattmann. «Gehe nüscht zum Fürscht, wenn du nicht gerufen würscht.»

Kappe schluckte seinen Ärger hinunter und fuhr fort: «Jeder von uns hat seine eigenen Quellen im kriminellen Milieu. Mit denen sollten wir ebenfalls reden. Vielleicht ist jemandem etwas aufgefallen, was mit unseren Fällen in Zusammenhang steht.»

«Das passiert bereits», entgegnete Strattmann, «nur bleiben Ergebnisse leider noch aus.»

Kappe schrieb etwas in seine schwarze Kladde. «Zusammenfassend lässt sich sagen: Wir wissen weder, ob wirklich ein Anschlag geplant ist, noch, wer ihn verüben könnte. Wir brauchen einfach mehr Informationen und wahrscheinlich auch ein Quäntchen Glück. Es gibt noch etwas, das wir dringend benötigen: Wenn der Maischonnek schon nicht mehr greifbar ist für uns, sollte der Staatsschutz wenigstens neuere Fotos von Pretzky und Wagner zur Verfügung stellen und eventuelle Aufenthaltsorte von ihnen nennen. Diese Informationen werden sie ja wohl haben.»

Kriminaldirektor Niederzier versprach, sich darum zu kümmern.

Zu Hause sagte Gertrud Kappe zu ihrem Ehemann: «Bevor das Wetter endgültig umschlägt und der Winter uns im Horstweg festhält, sollten wir noch mal raus ins Grüne. Was hältst du davon, vom Wannsee zum ‹Wirtshaus Moorlake› zu spazieren?»

«Wäre es nicht schöner, mal wieder ins Kino zu gehen und uns gemütlich einen schönen Film anzugucken?», fragte Otto.

«Das können wir noch oft genug, wenn das Wetter schlecht ist. Wenn schon raus, dann richtig.»

So verbrachten sie den Nachmittag draußen, wanderten durch den Wald, sprachen besorgt über die Zukunft des Sohnes, die Zipperlein der Eltern und tratschten über Nachbarn aus dem Horstweg. Irgendwann fanden sich ihre Hände. Schließlich kehrten sie im «Wirtshaus Moorlake» ein. Gertrud aß Kalbsleber, und Otto genehmigte sich Bollenfleisch mit der traditionellen Kümmelsoße. Das Lokal war rappelvoll. Hautevolee neben US-Boys mit ihren Schätzen, Touristen aus dem Westen und, wie Otto feststellte, höhere Senatsangestellte.

Einem spontanen Einfall folgend, ließen sich Otto und Gertrud gut gelaunt mit einer Taxe zum Funkturm fahren, um nach langer Zeit mal wieder die Stadt von oben zu betrachten. Bibbernd standen sie schließlich in 121 Metern Höhe in der geschlossenen Aussichtskanzel. Beide wurden still. Es dämmerte. Otto war, als blickte er über eine dunkle Landschaft, aus der unzählige Diamanten strahlten. Manche Lichter bewegten sich, andere blieben an einem Ort. Im Osten waren deutlich weniger Lichter zu sehen, und der strahlende Teppich bekam große dunkle Löcher. Dort arbeitete sein Cousin Hartmut, der überzeugte Kommunist. Er jagte drüben Verbrecher wie Otto in diesem Teil der Stadt. Vor Ottos innerem Auge verwandelte sich die Stadt in ein schwarzes Meer, durchzogen von steinernen Inseln, dunkel und unergründlich, unter deren Oberfläche gefräßige Kreaturen sich ruhelos hin und her bewegten.

Müde kehrten sie nach Hause zurück.

«Müssen wir heute Abend etwa wieder eine deiner geliebten *Stahlnetz*-Folgen schauen?», fragte Otto. Er hielt von den populären Krimiserien nicht allzu viel, wusste er doch, dass sich der Alltag eines Kripobeamten tatsächlich ganz anders gestaltete, als Fernsehautoren es sich vorstellten.

SECHS
Montag, 21. November 1966

OTTO KAPPE lief in strömendem Regen zu seiner Dienststelle. Da er seinen Schirm zu Hause vergessen hatte, sog sich sein dicker Wintermantel mit Nässe voll. Im Büro angekommen, schüttelte er sich wie ein Hund. Knapp drei Grad Celsius hatte das Thermometer am Küchenfenster im Horstweg angezeigt. Der Sonntag, der ihnen immerhin ein paar Sonnenstrahlen beschert hatte, lag Lichtjahre zurück.

Kappes Gruppe hatte sich bereits im Besprechungsraum versammelt, lediglich Eduard Strattmann fehlte. Während Kappe sich die bisherigen Ermittlungsergebnisse noch mal vergegenwärtigte, betraten Kripochef Günther Niederzier und Strattmann das Zimmer.

Niederzier schaute in die Runde. «Es gibt keinen Grund, Trübsal zu blasen», sagte er. «Die amerikanische Militäradministration will heute mit uns reden. Herr Kappe und Herr Strattmann werden das Gespräch führen. Vielleicht bewahrheitet sich ja das Sprichwort ‹Was lange währt, wird endlich gut›. Der Staatsschutz hat uns außerdem heute in aller Frühe Fotos übermittelt sowie eine Adresse, die zumindest bis vor einigen Wochen Pretzky oder Wagner als Unterschlupf gedient hat.» Er schüttelte zwei Fotografien aus einem Umschlag. Auf dem einen Bild war ein Mann mit einem schmalen Gesicht, schütteren Haaren und einer auffälligen Nase zu sehen.

«Das ist Pretzky», sagte Ludwig Bredow sofort.

Das andere Bild zeigte einen Mann im Trenchcoat mit hochgeschlagenem Kragen. Er hatte ein runderes Gesicht als Pretzky, eng zusammenstehende Augen, einen kleinen, schmalen Mund und ein gekerbtes Kinn.

«Das könnte Eberhard Wagner sein», meinte Gerhard Piossek. «Wo und wann wurden diese Fotos aufgenommen?»

Niederzier schüttelte den Kopf. «Man hat mir nur mitgeteilt, das seien die beiden, für die wir uns interessieren. Mehr nicht. Daher gehe ich davon aus, dass das zweite Foto diesen Wagner zeigt. Wir kommen also langsam voran. Sind Sie auch der Meinung, Herr Strattmann?»

Der nickte nur.

«Die Wohnung liegt in der Kolonnenstraße», fuhr Niederzier fort. Er ging zu einem großformatigen Stadtplan, der mittlerweile dort hing, wo sich zuvor eine Deutschlandkarte befunden hatte, und auf dem jedes Haus eingezeichnet war. Strattmann zeigte auf eine Stelle. «Genau hier, im dritten Stock des Gebäudes. Wir sollten keine Zeit verschwenden, sondern sofort mit der Observation beginnen. Falls wir merken, dass die Wohnung derzeit nicht genutzt wird, werden wir sie durchsuchen.»

Über die Kolonnenstraße waren einst Preußens Grenadiere und Kavalleristen aus ihren westlich gelegenen Kasernen aufs Tempelhofer Feld zum Exerzieren ausgerückt. Nun fuhren zwei Opel der Kripo in diese Straße. Sie nahmen den Weg über Grunewald-, Potsdamer Straße und Kaiser-Wilhelm-Platz. Lilli Lenné, Eduard Strattmann und Otto Kappe saßen im ersten, Günter Kynast und Gerhard Piossek im zweiten Auto. Ludwig Bredow und Hans-Gert Galgenberg waren bereits vorausgefahren, um einen ersten Blick auf das Haus zu werfen.

«Lassen Sie uns hier bitte aussteigen», sagte Kappe zum Fahrer. «Kollege Galgenberg erwartet uns schon. Die Wohnung muss auf dieser Straßenseite liegen. So ein elender Mist, jetzt werde ich zum zweiten Mal an diesem Tag nass bis auf die Haut!»

«Haben Sie in Ihrem Auto keinen Regenschirm?», fragte Lilli Lenné den Fahrer.

106

«Nee, aber ich weiß, wo Sie sich hier um die Ecke die Haare ondulieren lassen können.» Der Fahrer griff dann aber an die Seite, zog einen Klappschirm hervor, gab ihn Kappe und sagte: «Wiedersehn macht Freude!»

Es schüttete wie aus Eimern, als sie ausstiegen.

«Wir haben in der betreffenden Wohnung weder Licht noch irgendeine Bewegung ausmachen können. Durch die Haustür ist auch niemand gekommen», berichtete Galgenberg, als sie zu ihm stießen.

Kappe schaute sich um. Er konnte die Spitze des Bahnhofs Kolonnenstraße jenseits des alten S-Bahn-Einschnitts sehen, der Schöneberg hier teilte. Die Kolonnenstraße war viel befahren. Autos rasten dicht an ihnen vorbei, Regenwasser spritzte auf die Bürgersteige. Kein Fußgänger war zu sehen. «Dann gehen wir gleich rein», sagte er schließlich.

Bredow nestelte einen Bund mit Dietrichen hervor, schlich sich zum Hauseingang, arbeitete eine Minute am Schloss, öffnete die Tür und winkte seinen Kollegen zu. Die folgten ihm ins Haus.

«Lenné und Piossek bleiben hier im Parterre und sichern Vorder- und Hintereingang», befahl Otto Kappe. «Der Rest kommt mit mir.»

Sie betraten einen dunklen Flur, der geradewegs auf den Hinterhof führte. Der war, wie ein kurzer Blick zeigte, mit Gerümpel vollgestellt. Der Regen lief in Bächen an Kisten und sonstigem Krempel hinab. Links führte eine Treppe in die oberen Stockwerke. Das Treppenhaus war dunkel, die Treppenstufen abgewetzt, die Wände teils ohne Tapete, nur rau verputzt, als hätte der Besitzer kein Geld, um die Schäden des Kriegs restlos zu beseitigen.

Leise stiegen die Beamten bis in den dritten Stock. Sie vernahmen Stimmen hinter einer Tür, irgendwo lief ein Radio, ansonsten war es ruhig im Haus. Sie blieben stehen und überlegten, welche der beiden Wohnungen, die sie hier vorfanden, die richtige sei.

Bredow presste sein Ohr an die linke Wohnungstür und horchte. «Ich höre Kinder», flüsterte er. «Es muss die andere sein.» Er arbeitete rasch und geräuschlos am Schloss der rechten Tür, öffnete sie vorsichtig und ließ Kappe, Strattmann und Kynast mit ihren gezogenen Walther-Pistolen vorbei.

Auf der rechten Seite befanden sich Küche und Bad, dahinter ein kleines Zimmer. Links gingen zwei weitere Räume ab. Keine Spur von Pretzky oder Wagner.

In dem kleineren Raum standen ein Feldbett, flüchtig zugedeckt, ein hölzerner Schemel und eine Anrichte, auf der Comic-Hefte lagen, aus der *Sigurd*-Serie. Links befand sich ein weiterer Schlafraum, in dem ein Doppelbett, ein Schrank und ein stummer Diener standen, alle aus dunklem Holz. Die Vorhänge waren zugezogen. Auf dem Bett lag ein geöffneter Koffer, der zur Hälfte mit Unterwäsche und Hemden gefüllt war. Auf dem Boden lag ein Sakko. In einem der größeren Räume, die zur Kolonnenstraße hinausgingen, herrschte ein dumpfer Geruch. Die Philodendren und Sansevierien, die sie hier vorfanden, waren offenbar lange nicht mehr gewässert worden. Von außen schlug Regen gegen die Fensterscheiben. Zwei Korbsessel, ein kleinerer Schrank, auf dem ein Grundig-Radiogerät stand, und ein großformatiges Gemälde des Generals Ludendorff komplettierten die Einrichtung. Ludendorff schaute verkniffen auf die Sansevierien hinab.

Kappe bat Kriminalmeisterin Lenné heraufzukommen, Piossek sollte zur Sicherung im Parterre bleiben. Die Wohnung wurde nun ausführlicher durchsucht. In den Schränken fanden sich einige Kleidungsstücke. Auf dem Küchentisch lagen zwei krumm gewordene Brotscheiben auf einem Holzbrett, daneben standen ein Unterteller mit einem Rest ranziger Butter und eine Tasse mit eingetrockneten Kaffeeresten. Ein Tauchsieder lag im Spülbecken.

«Das sollen sich unsere Spezialisten genau anschauen», entschied Kappe.

«Da hat jemand de Beene unter den Arm jenommen», meinte Galgenberg. «Lasst uns mal den Hof jenauer angucken!»

Sie verschlossen die Wohnung wieder, stiegen die Treppe herunter und begannen, den Hinterhof, der von einer Mauer aus dreckigen braunen Ziegelsteinen umgeben war, genauer zu inspizieren. Offenbar hatten hier etliche Mieter ihre Hinterlassenschaften aufgetürmt: kaputte Schränke, Türen, allerlei Bretter und Kisten.

«Kiekt mal, was ich gefunden habe!», rief Galgenberg. «Wer sagt's denn!» Er hatte einen verzogenen Schrank aufgebrochen, darin einen zugeschnürten Sack aus grünem Segeltuch gefunden und ihn geöffnet. Zum Vorschein kam ein kleines Waffenarsenal.

«Eine Mauser Parabellum», erklärte Strattmann, «eine alte Sten MK II Maschinenpistole und eine MP 40. Alles aus dem Weltkrieg. Damit kann man eine Menge Unheil anrichten.» Er betrachtete die Schusswaffen genauer. «Die Sten könnte aus Polizeibeständen stammen. Da wir nach dem Krieg keine Maschinenwaffen aus deutscher Herstellung haben durften, waren wir auf diese Dinger angewiesen. Die liegen vermutlich noch nicht lange hier, denn sie scheinen an sich gut gepflegt. Lasst am besten alles so, wie es ist. Die Spurensicherung muss sofort herkommen, um das zu untersuchen.»

Zurückgekehrt in sein Büro, rief Otto Kappe den Verfassungsschützer Hans Josef Voißel in Köln an und berichtete in groben Zügen über ihre bisherigen Erkenntnisse.

«Ich bin nach wie vor davon überzeugt», antwortete Voißel, «dass in Berlin ein Anschlag geplant wird. Wenn man eine Aktion gegen linke Studenten planen würde, dann bräuchte man dafür mit Sicherheit keine automatischen Waffen. Daher rate ich dringend, die Möglichkeit eines Attentats auf einen hochrangigen Vertreter der Stadt nicht außer Acht zu lassen.»

Kappe fragte: «Die Geschichte mit Maischonnek kennen Sie wohl schon?»

«Ja.» Voißel lachte. «Den hat man aus der Schusslinie genommen. Der sitzt vorübergehend in der Sicherungsgruppe Bad

Godesberg. Da kann er wenig Unheil anrichten. Aber dort bleibt er nicht lange. Er wird nach Niedersachsen versetzt, zum dortigen Innenminister Otto Bennemann. Sie können sicher sein, dass er da nichts zu lachen hat.»

«Bennemann? Von dem habe ich noch nie gehört», sagte Kappe.

«Das wundert mich nicht», erwiderte Voißel. «Der sucht nicht den öffentlichen Auftritt. Ein Sozialdemokrat der alten Schule. Von der Gestapo verfolgt, emigriert und nach dem Krieg zurückgekehrt. Dem tanzt kein Maischonnek auf der Nase herum!»

«Trotzdem habe ich den Eindruck, dass wir immer einen Schritt zu spät sind. Maischonnek war vorbereitet auf unsere Befragung. Die Ermordung von Frau Schubert und Herrn Neumann konnten wir nicht verhindern. Und die Wohnung, die möglicherweise Pretzky und Wagner Unterschlupf bot, wurde verlassen, bevor wir auf sie aufmerksam gemacht wurden. An solche Zufälle glaube ich nicht.»

Voißel lachte wieder leise. «Sie tun gut daran, nicht an Zufälle zu glauben. Vergessen Sie nicht, dass Sie in Berlin in einer besonderen Situation sind. Unsere amerikanischen Freunde sind misstrauisch. Sie wollen alles unter Kontrolle haben. Um den Rechtsradikalismus haben sie sich aber jahrelang nicht geschert. Die Rechten waren stramm antikommunistisch, also meinte man, mit denen an einem Strang zu ziehen. Mittlerweile haben sich die Amis jedoch mit den Russen mehr oder weniger arrangiert. Die Fronten werden für sie also unklar – zumal sich nun zu den ehemaligen NSDAP-Leuten eine neue Generation von Rechten gesellt. Wie sollen sie die Lage durchschauen, wenn wir sie schon nicht verstehen? Für die West-Berliner Kripo, die auf die Interessen der Amerikaner Rücksicht nehmen muss, ist diese Situation natürlich recht schwierig.» Er schwieg einen Augenblick. «Was ich Sie noch fragen wollte: Sie sind doch der Neffe von Hermann Kappe, nicht wahr?»

«Ja, das ist richtig. Kennen Sie ihn?»

«Nein, persönlich kenne ich Ihren Onkel nicht. Bestellen Sie ihm aber einen schönen Gruß von der Familie Leiblein aus der Eifel. Man denkt noch oft an das Jahr 1934 zurück, als Ihr Onkel Herrn Leiblein in Berlin das Leben gerettet hat. Der alte Herr ist vor drei Jahren gestorben. Ich bin mit einer der Töchter aus der Familie Leiblein zur Schule gegangen, und unsere Eltern waren befreundet ... Doch dies nur nebenbei. Auf Wiederhören, Herr Kappe!»

Sein Onkel Hermann hatte Otto Kappe die Geschichte um Herrn Leiblein schon öfter erzählt. Zu Beginn der NS-Zeit hatte der Zimmermann aus der Eifel wegen eines Mordes verurteilt werden sollen, den er nicht begangen hatte. Dahinter stand eine Intrige der SA. Hermann Kappe hatte Leibleins Unschuld beweisen können.

Otto Kappe rief seine Kollegen zusammen und berichtete ihnen von dem Telefonat mit dem Verfassungsschützer Voißel. Danach fragte er in die Runde: «Was gibt es Neues?»

Eduard Strattmann erklärte, dass der Regierende Bürgermeister in den kommenden Wochen keine öffentlichen Auftritte habe. Es könne aber sein, dass Brandt sich am 23. November mit dem sowjetischen Botschafter Abrassimow in Ost-Berlin treffen werde. «Dort ist für seinen Schutz bestens gesorgt.» Er schloss seine Ausführungen mit den Worten: «Wir beide, Otto, treffen nachher den CIA-Mann Foggerty.»

«Kennst du den?», fragte Kappe.

«Ja», antwortete Strattmann knapp.

Nun erstattete Ludwig Bredow Bericht. «Ich habe Neumanns Tresor geöffnet, konnte aber nichts finden, was unsere Ermittlungen weiterbringt. Allerdings sind interessante Geschäftsunterlagen zum Vorschein gekommen. Wenn ich es richtig verstehe, dann hat Neumann den Berliner Bausenat ganz schön über den Tisch gezogen. Es gab offenbar illegale Preisabsprachen mit anderen Unternehmen. Ich habe das Material an die zuständigen Kollegen vom Betrug weitergereicht.»

«Gut so», sagte Kappe. «Herr Kynast?»

«Ich habe noch mit der Liste der Wohnungen zu tun, die zu überprüfen sind. Aber ganz etwas anderes: Ist es nicht merkwürdig, dass es sich bei den Waffen, die wir in der Kolonnenstraße gefunden haben, um solch alte Modelle handelt? Wenn wir es mit Profis zu tun haben, sollte man doch annehmen, dass die Zugang zu moderneren Waffen haben. Die Sten war übrigens berüchtigt wegen ihrer Ladehemmungen.»

Gerhard Piossek nahm den Gedanken auf. «Herr Kynast hat recht. Entweder haben wir es mit Menschen zu tun, die den alten Zeiten nachtrauern und im Besonderen den Weltkrieg glorifizieren, oder aber mit welchen, die an moderne Handfeuerwaffen nicht herankommen. Die Kollegen vom Staatsschutz haben übrigens Maischonneks Wohnung durchsucht. Was sie gefunden haben, weiß ich nicht. Aber allein die Tatsache spricht Bände.»

Kappe schaute Lilli Lenné fragend an.

«Perkel wird bewacht, die Rathstein observiert», sagte die Kriminalmeisterin knapp.

«Überdenkt noch mal alle Erkenntnisse, die wir bisher haben. Und bemüht eure Quellen im Milieu, während Strattmann und ich mit Foggerty reden», sagte Kappe.

Vor der Pforte der Kripo in der Gothaer Straße warteten zwei dunkle und, wie es schien, funkelnagelneue Opel Kapitän mit Berliner Nummernschildern. Im vorderen Auto saßen drei Männer, die aufmerksam die Straße beobachteten, im zweiten befand sich nur der Fahrer. Daneben stand ein Mann, der rauchte. Er trat seine Zigarette aus, als er Otto Kappe und Eduard Strattmann aus dem Gebäude kommen sah, ging auf sie zu und reichte ihnen die Hand. «Ich heiße Greg Foggerty. Schätze, Sie sind Herr Kriminaloberkommissar Kappe. Guten Tag, Eduard! Wir müssen uns unterhalten.»

Der Mann war mittelgroß, trug einen grauen Flanellanzug,

dazu ein blütenweißes Hemd und eine blau-gold gestreifte Krawatte sowie glänzende schwarze Lederschuhe. Er hatte ein gebräuntes Gesicht, recht weit auseinanderstehende Augen, schmale Lippen und kurzgeschorene Haare. Deutlich fielen seine beginnenden Geheimratsecken und seine abstehenden Ohren auf. Segelfliegerohren, dachte Kappe bei sich. Der Mann hatte etwas Einschüchterndes an sich.

«Wohin soll's denn gehen, Greg?», fragte Strattmann.

«In die Schönwalder Straße.»

«Wir können uns auch hier in der Kripo unterhalten, Herr Foggerty», schlug Kappe vor.

«Nein, Herr Kommissar. Wir bevorzugen einen diskreteren Ort.»

Während der Fahrt schwiegen zunächst alle drei. Foggerty saß neben dem Fahrer, Strattmann und Kappe im Fond.

«Die Schönwalder Straße ist lang. Wohin fahren wir denn genau?», fragte Kappe irgendwann.

«Ins Hotel Graf Pückler. Seit dem Mauerbau nutzen wir es hin und wieder.»

Das Gebäude lag bis 1961 vermutlich zu nah an der Sektorengrenze, überlegte Kappe, als dass die Amerikaner nicht hätten fürchten müssen, ausspioniert zu werden. Ein CIA-Treffpunkt in dieser Lage wäre wohl für Mielkes Leute zu verlockend gewesen, als sie noch ohne großen Aufwand die Grenze überschreiten konnten.

Der Amerikaner drehte sich zu Kappe um. «Bevor Sie mich, wie das bei euch Deutschen üblich ist, fragen, wie es kommt, dass ich ein so tadelloses Deutsch spreche: Mein Vater ist mit der Army nach Berlin gekommen und hat dann seine Familie nachgeholt. Ich bin also hier zur Schule gegangen.» Foggerty gestattete sich ein Lächeln. «Dieser Tage habe ich mit William Harvey telefoniert, mit dem früheren Chef der Berlin Operating Base. Er lässt Ihren Onkel grüßen.»

Kappe erinnerte sich daran, dass sein Onkel Hermann des

Öfteren schmunzelnd vom «Texaner» erzählt hatte. Von Bill, dem Berliner CIA-Chef, der seinen ganz persönlichen Krieg gegen den sowjetischen Geheimdienst geführt hatte. Bill Harvey hatte 1955 einen spektakulären Spionagetunnel graben lassen, er hatte Überläufer eingesammelt und seine Finger mit im Spiel gehabt, als britische Spitzenspione als Doppelagenten enttarnt worden waren. Doch seinem Onkel war nicht immer nach Schmunzeln zumute, wenn er Geschichten vom BOB-Chef Harvey erzählte. Er konnte auch fluchen wie ein Kutscher, wenn er sich an ihn erinnerte. Nichts habe man von den amerikanischen Geheimdienstlern erfahren, die hätten die Kripobeamten geradezu unwissend gehalten, sie als alte Nazis abgestempelt und wie Dienstboten behandelt. Foggerty, vermutete Otto Kappe, war aus ähnlichem Holz geschnitzt wie Harvey. Er mochte den Amerikaner nicht.

Während Kappe grübelte, unterhielt sich Foggerty mit Strattmann über gemeinsame Bekannte und darüber, ob man sich im nächsten Sommer nicht mal wieder zum Barbecue am Hüttenweg treffen könne, wo die Amerikaner eine große Siedlung gebaut hatten, Klein-Amerika genannt. Irgendwie beunruhigte es Kappe, dass Strattmann so vertraut war mit diesem Foggerty.

In der Schönwalder Straße hielt ihr Auto hinter dem anderen Opel, der vorausgefahren war. Die beiden Sicherheitsleute aus dem ersten Wagen waren ausgestiegen und beobachteten aufmerksam die Umgebung. Foggerty nickte ihnen zu und schritt dann voran. Sie betraten das Hotel und gingen in den ersten Stock. Vor einer Zimmertür saß ein junger Mann, der ebenfalls mit einem Nicken grüßte und Foggerty etwas ins Ohr flüsterte, bevor sie eine große, helle Hotelsuite betraten. Ihr Gastgeber führte sie in einen Wohnraum, in dem ein Tisch und mehrere Sessel standen. Kappe entdeckte eine zweite Tür und blickte Foggerty fragend an.

Der öffnete sie grinsend. Dahinter lag das Schlafzimmer. Es war leer. «Vorsicht ist die Mutter der Porzellankiste. Nehmen Sie Platz, meine Herren! In der Kanne ist Kaffee. Sie bedienen sich bitte selbst.» Er lehnte sich zurück und blickte Kappe auffordernd an.

Kappe war verärgert. Was sollte dieses ganze Theater? «Hätten Sie uns frühzeitig Ihre Erkenntnisse mitgeteilt, Herr Foggerty, wäre uns manches erspart geblieben. Eine arme Frau würde dann möglicherweise noch leben. Ihre Versäumnisse halte ich für unentschuldbar.»

«Ihr Ton ist völlig unangemessen!» Foggerty wurde laut. «Ich würde auch lieber in Manhattan als Patentanwalt richtiges Geld verdienen als hier in Berlin Ihre Arbeit machen. Jahrelang hat sich die Berliner Polizei um den Rechtsradikalismus in der Stadt nicht gekümmert, und nun geben Sie uns die Schuld, dass er erstarkt ist. Mein alter Herr hat mich davor gewarnt, wie undankbar die Deutschen seien. Er hat die besten Jahre seines Lebens damit verbracht, euch die Nazis vom Hals zu schaffen. Und heute bekommt er *Ami go home!* zu hören. Warum zum Teufel sollen wir für Ihre Versäumnisse geradestehen? Die CIA ist nicht die Dienstmagd der Berliner Kripo, merken Sie sich das!»

Strattmann mischte sich ein. «So kommen wir nicht weiter, Greg. Für den Antiamerikanismus vieler junger Leute kannst du keinen von uns verantwortlich machen, der hat vor allem mit eurem Vietnamkrieg zu tun. Dass wir jahrelang nichts gegen rechtsradikale Umtriebe unternommen haben, stimmt. Aber vergiss nicht, dass viele alte Nazis nach dem Krieg bei euch untergeschlüpft sind. Es bringt uns nicht weiter, wenn wir uns gegenseitig unsere Fehler unter die Nase reiben. Wir wollen wissen, ob ihr konkrete Kenntnisse über Pläne für Anschläge habt, zum Beispiel auf Willy Brandt oder andere hochrangige Politiker. Und falls ja, dann solltet ihr uns diese Erkenntnisse mitteilen.»

«Konkrete Hinweise auf Anschlagspläne haben wir nicht.» Foggerty zögerte kurz, als würde er genau überlegen, was er sagen soll. «Sie, Herr Kappe, haben durch zwei Maßnahmen die ganze Bande aufgescheucht: Ihr Gespräch mit dieser Frau Schubert und Ihre Vernehmung der Rathstein.»

Kappe wollte protestieren, aber Strattmann legte ihm eine Hand auf den Arm, um ihn zurückzuhalten.

Foggerty fuhr ruhiger fort: «Wir sind nach dem Mord an John F. Kennedy vor drei Jahren sehr aufmerksam geworden. Es soll nicht noch einmal passieren, dass unter unseren Augen ein wichtiger Mann der westlichen Welt umgebracht wird. Und euer Regierender Bürgermeister wird in wenigen Tagen zu den wichtigen Persönlichkeiten zählen – wenn er es nicht schon tut. Uns sind Pretzky und Wagner sehr wohl aufgefallen, und wir haben unsere Informationen an euren Staatsschutz weitergegeben. Wir können nicht einfach mehr so wie früher einschreiten, wenn es uns angebracht erscheint.»

«Und warum nicht?», fragte Otto Kappe leise.

«Weil sich die Zeiten geändert haben, Herr Kappe. Nach wie vor schützen wir West-Berlin gegen äußere Feinde. Aber die internen Angelegenheiten müssen Sie nach Auffassung meiner Regierung selbst regeln. Solange nicht die Interessen der Schutzmächte berührt sind.»

«Brandt wird sich nicht mehr lange in West-Berlin aufhalten, sondern nach Bonn gehen», bemerkte Strattmann. «Was also sollen wir tun?»

«Trotzdem aufpassen.» Er wandte sich wieder an Kappe. «Ich will Ihnen ein Beispiel geben: Der KZ-Arzt Josef Mengele ist von euch nie festgenommen worden, obwohl man beim Bundeskriminalamt wie auch beim BND wusste, wo er sich aufhielt. Ich frage mich, warum ihr in solchen Fällen nicht selbst aktiv werdet.» Foggerty steckte sich eine Zigarette an. «Außerdem müssen Sie Ihre Maßnahmen für die Gefahrenabwehr verbessern. Vor zwei Jahren berieten in der Juristischen Hochschule des Ministeriums für Staatssicherheit in Potsdam Eiche Stasi-Leute über die Ausbildung von Spezialisten, die in fremden Staaten Anschläge verüben sollen. Mielke hat der ganzen Angelegenheit den Titel ‹Geheime Kommandosache› gegeben. Was glauben Sie wohl, welchen Staat er vorrangig im Visier hat?»

116

«Also Anschläge in der Bundesrepublik und in West-Berlin», stellte Otto Kappe fest.

«Wir wissen nicht, wie weit Mielkes Vorbereitungen gediehen sind. Es kann sein, dass er bereits Agenten in West-Berlin eingeschleust hat. Einstellen sollten sich Ihre Sicherheitsbehörden auf jeden Fall darauf. Sie können nicht weiterhin an unserem Rockzipfel hängen!»

«Macht der immer so ein Theater?», fragte Otto Kappe Eduard Strattmann mürrisch, als sie mit dem Taxi in die Gothaer Straße zurückfuhren. «Ich habe nicht das Gefühl, dass uns das Gespräch mit Foggerty weitergebracht hat.»

«Doch, es hat uns weitergebracht», antwortete Strattmann. «Die CIA weiß nun, dass wir es ernst meinen. Sie muss in Zukunft mit der Kripo rechnen. Das war zuvor nicht der Fall.»

«Was haben wir davon?»

«Foggerty wird uns informieren, wenn er etwas in die Finger kriegt, das für uns wichtig sein könnte.»

«Hoffentlich täuschst du dich da nicht. Foggerty geht es doch mehr um seine Karriere als um die Sicherheit in West-Berlin.»

In Otto Kappes Dienstzimmer wartete bereits Gerhard Piossek.

«Wir haben die Fotos von Pretzky und Wagner vervielfältigen und an alle Reviere verteilen lassen. Die Kollegen wissen also nun, nach wem sie Ausschau halten müssen.»

«Was ist mit den Taxifahrern?»

«Auch an den Taxiständen wurden diese Fotos verteilt. Ich bin doch nicht von gestern, werter Herr Kollege!», erwiderte Piossek pikiert. «Die schlechte Nachricht ist, dass die Rathstein verschwunden ist.»

«Ich habe doch angeordnet, dass die rund um die Uhr observiert werden soll! Wie konnte das geschehen?»

«Das kann niemand richtig erklären», sagte Piossek. «Die

Frau Professor ist heute Morgen zur Uni gefahren und hat sich in ihr Dienstzimmer zurückgezogen. Mittags ist sie dann in die Mensa gegangen. Und im Trubel dort haben die Kollegen sie verloren. Allerdings war es auch nicht besonders klug, für die Observierung Kollegen abzustellen, die kurz vor der Pensionierung stehen. Die sind in der Uni aufgefallen wie Eisbären am Äquator.»

«Dann soll die Rathstein zur Fahndung ausgeschrieben werden.»

«Das hat Kriminalmeisterin Lenné schon veranlasst. Aber bisher ohne Erfolg.»

Schlecht gelaunt traf Otto Kappe zu Hause ein. Gertrud war schon daheim, wuselte in der Wohnung herum, wischte Staub, bezog die Betten neu. Sie begrüßte Otto mit einem Lächeln und arbeitete weiter. Schließlich tischte sie das Abendessen auf und setzte sich neben ihn. Otto nahm dies kaum wahr, war er doch mit seinen Gedanken ganz woanders. Schweigend verzehrten sie einen Salat und Graubrot mit Käse und Mett.

Danach saß Otto schweigend da und starrte Löcher in die Luft. Erst als seine Frau Gertrud schon vor ihm stand, um sich zu verabschieden, sah er, dass sie sich ihren Mantel übergeworfen hatte. Sie wollte ihre Freundin Karin besuchen, die um die Ecke wohnte. Karin hatte stets Edelkirsch oder einen Berliner Kaffeelikör im Schrank. Sie galt als lustiges Haus mit einer Vorliebe für jüngere Kerle mit kräftigem Körperbau. Der ganze Horstweg tuschelte über sie.

«Du kannst mich ja bei Karin anrufen, wenn dir wieder nach Gesellschaft ist!», rief Gertrud ihm zu, bevor sie die Wohnungstür hinter sich schloss.

Otto nahm auch diese Bemerkung kaum zur Kenntnis, holte sein Notizbuch hervor und ging die bisherigen Ermittlungsergebnisse noch mal durch. Irgendwann ging er zu Bett.

Als er später in der Nacht aufwachte, lag seine Frau leise

schnarchend und mit einer Alkoholfahne neben ihm. Sein Schlafanzug war durchgeschwitzt. Er hatte einen Albtraum gehabt. Blasse Gestalten hatten um sein Bett gestanden und ihn angeschaut, Frauen und Männer, die er vor langer Zeit ins Gefängnis gebracht hatte. Bei einigen war er sich nicht sicher, ob sie zu Recht bestraft worden waren. Solche Träume suchten Otto seit einiger Zeit in unregelmäßigen Abständen immer wieder heim.

SIEBEN
Dienstag, 22. November 1966

OTTO KAPPE verließ die Wohnung, ohne seine Frau zu wecken. Die Albträume waren vergessen. Gut gelaunt hatte er einen blauen Anzug angezogen, sich einen Kaffee zubereitet und Gertrud einen Zettel geschrieben: *Bin schon auf der Arbeit, wünsche Dir einen schönen Tag bei Sarotti!* Leise zog er die Wohnungstür hinter sich zu, um mit der U-Bahn zum Dienst zu fahren.

Sein Vorzimmer war verwaist. Als er in sein Büro trat, saß ein jüngerer Mann auf dem Besucherstuhl. «Ihre Sekretärin hat mir gestattet, hier auf Sie zu warten. Ich heiße Hermann Pauss und bin für einige Tage in Berlin, um die Beerdigung meiner Mutter Else Schubert in die Wege zu leiten.»

«Gut, dass Sie gekommen sind», sagte Kappe, «ich wollte sowieso mit Ihnen reden. Doch weshalb sind Sie zu mir gekommen?»

«Unmittelbar nach Ihrem Besuch bei meiner Mutter hat sie mich angerufen, vom Apparat der Nachbarn. Es passierte selten, dass ihr spontan danach war, mit mir zu reden. Sie hat mir aufgeregt erzählt, wie höflich und zuvorkommend Sie gewesen seien. Das hat sie sehr beeindruckt. Dafür wollte ich Ihnen danken.»

«Nicht der Rede wert», sagte Kappe. «Aber Sie können mir vielleicht helfen, denn ich habe noch ein oder zwei Fragen.»

«Gerne», erwiderte Pauss.

«Sie heißen Pauss wie Ihr Vater, und Sie arbeiten bei Daimler-Benz?», fragte Kappe.

«Nicht mehr. Ich bin inzwischen Lehrer.»

«Wie haben Sie das geschafft?», fragte der Kommissar erstaunt. «Vom Automechaniker zum Lehrer?»

«Vom Lackierer zum Lehrer», verbesserte ihn Pauss. «Ich habe mein Abitur nachgeholt und durfte mit einer Sondererlaubnis des Kultusministeriums studieren, wegen des Mangels an Lehrkräften.»

«Ihre Mutter hatte den Namen Pauss abgelegt. Wissen Sie, weshalb?»

«Sie hatte erfahren, dass die Einheit, der mein Vater angehörte, im Osten schreckliche Verbrechen begangen hat. Daher hat sie ihren Mädchennamen wieder angenommen.»

«Und Sie selbst?»

«Was würde sich ändern, wenn ich Schubert statt Pauss hieße? Nichts!»

«Kennen Sie einen Mann namens August Pretzky?»

«Ja», antwortete Pauss knapp.

Kappe glaubte, Ablehnung aus seinen Worten heraushören zu können. Er fragte vorsichtig: «Wissen Sie, welcher Art die Beziehung Ihrer Mutter zu Herrn Pretzky war?»

«Pretzky hat die Einsamkeit meiner Mutter schamlos ausgenutzt. Sie brauchte während der schrecklichen Jahre nach dem Krieg einfach jemanden, an den sie sich hin und wieder anlehnen konnte.»

Kappe nickte. «Ihre Mutter hat mir erzählt, dass Herr Pretzky 1951 ausgezogen sei. Es gibt aber ein Foto aus dem Jahr 1952, auf dem Ihre Mutter und Pretzky gemeinsam zu sehen sind.»

«Das kann sein. Er ist ausgezogen, aber er hat Berlin nicht verlassen. Pretzky hat sie eine Zeit lang dazu gebracht, kleine Aufträge für seine Organisation zu übernehmen. Das hörte erst ungefähr ein Jahr später auf.»

«Wissen Sie noch, was das für Aufträge waren?»

«Flugzettel verteilen, Schmiere stehen – solche Sachen. Aber Genaues weiß ich nicht.»

«Kommt Ihre Schwester ebenfalls zur Beerdigung?»

«Sie kriegt keine Ausreisegenehmigung, weil sie in einem Betrieb beschäftigt ist, der für die Nationale Volksarmee arbeitet.»

«Das ist schade», meinte Otto Kappe.

«Ja, das ist traurig. Ich hätte sie so gerne getroffen. Sie fehlt mir jetzt sehr.»

«Wie hat sich Pretzky Ihnen und Ihrer Schwester gegenüber verhalten?»

«Angetan hat er uns nichts, wenn Sie das meinen. Dennoch haben wir uns als Kinder vor ihm gefürchtet. Sein Blick hat uns Angst eingejagt. Als ich älter wurde, bin ich ihm aus dem Weg gegangen.»

Otto Kappe ließ sich in die Ahornstraße chauffieren, zur Wohnung seines Cousins Karl-Heinz. Nachdem er an der Haustür des nobel wirkenden Altbaus geklingelt hatte und die Treppen hochgestiegen war, öffnete ihm ein vierschrötiger Kerl die Wohnungstür.

«Ich möchte zu Karl-Heinz Kappe.»

«Haben Sie einen Termin?»

«Lassen Sie diese Dummheiten», antwortete Otto Kappe. «Ich bin ein naher Verwandter.»

Wortlos ließ der Mann ihn ein, als auch schon Karl-Heinz in den Flur trat. «Ich habe deine Stimme gehört. Das ist doch der Otto, dachte ich. Das finde ich großartig, dass du mal vorbeischaust! In letzter Zeit macht die Familie ja einen großen Bogen um mich. Man könnte meinen, ich hätte eine ansteckende Krankheit.»

Karl-Heinz war ein Stück größer als sein Cousin, blond und breitschultrig. In den letzten Jahren hatte er einen Bauchansatz bekommen.

Er hatte wohl Ottos prüfenden Blick auf seine Figur gespürt, denn unaufgefordert sagte er: «Das sind die vielen Geschäftsessen, Schnäpse und Biere, die man zu sich nimmt, wenn man in Berlin Häuser baut. Trinkst du Wasser, denken alle, der wird eingebildet und vergisst, wo er herkommt. Sag mal, mit was kann ich dir dienen?» Er sah den Cousin argwöhnisch an.

Otto hatte gezögert, das schwarze Schaf der Familie aufzusuchen. Karl-Heinz war während des Kriegs in der SS und danach in Schwarzmarktgeschäfte verwickelt gewesen, einmal hatte er sogar ohne große Gewissensbisse seinen eigenen Vater Hermann beklaut. Aber er blieb halt ein naher Verwandter. Und einmal hatte er ihm sogar den entscheidenden Hinweis in einem Kriminalfall gegeben. Otto antwortete: «Ich möchte gern einen Kaffee und Informationen über den Bauunternehmer Axel Neumann.»

Hermanns Sohn lachte laut. «Kriegst du.» Er ließ den Mann, der Otto eingelassen hatte, Kaffee in sein Bürozimmer bringen, führte den Cousin dorthin und bat ihn, Platz zu nehmen.

Otto sah sich um: helle Eichenmöbel, Aktenordner hinter Glas, ein breiter Schreibtisch mit Filzauflage, zwei Telefone, eine Zimmerlinde in einer Ecke, ein runder Tisch mit zwei Veloursledersesseln. Ein Foto von Hermann und Klara hing an einer Wand, an einer anderen erkannte er Radierungen von Heinrich Zille.

«Hübsch», sagte Otto und deutete auf die Bilder. «Wo kann man so etwas kaufen?»

«Nirgendwo», antwortete Karl-Heinz, «das sind Unikate. Wollen wir einen Cognac auf das Wiedersehen trinken?»

Otto winkte ab. «Dann muss ich mich anschließend bei dir aufs Sofa legen. Was weißt du über den Bauunternehmer Axel Neumann?»

«Der Schmierlappen ist tot, oder? Über seine Geschäftsmethoden kann ich dir einen abendfüllenden Vortrag halten, über seine Feinde auch.»

«Warum nennst du ihn Schmierlappen?»

«Er hatte eine Schwäche für sehr junge Mädchen.»

«Hast du eine Ahnung, warum jemand daran Interesse gehabt haben könnte, ihn aus dem Weg zu räumen?»

Karl-Heinz zog ein flaches Zigarettenetui hervor, entnahm ihm einen Glimmstängel und klopfte ihn fest. «Der trieb sich in der Politik herum. Aber darüber weiß ich zu wenig.»

«Würdest du es mitbekommen, wenn sich jemand aus dem rechtsradikalen Milieu Waffen besorgt, um einen Anschlag zu verüben?»

Karl-Heinz überlegte. «Willst du mir irgendeine alte Geschichte anhängen?», wollte er schließlich wissen.

«Nein, darum geht es nicht.»

«Ich müsste mich umhören. Bisher ist mir nichts bekannt.»

«Also keine besonderen Aktivitäten auf dem illegalen Waffenmarkt?»

«Genau. Ein bisschen was tut sich natürlich immer. Hier mal eine 38er, da eine Walther PPK oder eine MP aus französischen Beständen …»

«Kannst du dir vorstellen, dass jemand Willy Brandt nach dem Leben trachtet?»

«Hast du nicht mehr alle Tassen im Schrank? Der hat doch dafür gesorgt, dass es der Stadt wieder besser geht. Seine Politik garantiert meinesgleichen gute Geschäfte.»

«Die Rechtsradikalen sehen das vielleicht anders.»

«Ich habe keinen Schimmer, aber umhören kann ich mich ja mal.»

«Du gibst mir also Bescheid, wenn du was erfährst?»

«Wenn für mich was dabei rausspringt.»

«Darüber reden wir, wenn es so weit ist.»

Als Otto die Wohnung verließ, rief ihm der unangenehme Kerl, der seinem Cousin als Mädchen für alles zu dienen schien, hinterher: «Unten auf der Straße wartet schon ein Streifenwagen auf Sie!»

Kappe eilte zum Auto, grüßte die zwei Insassen mit einem Nicken und griff nach dem Hörer des Funktelefons, das der Fahrer ihm entgegenhielt. «Otto Kappe hier. Mit wem spreche ich?»

«Kriminalmeisterin Lilli Lenné. Am Lützowplatz hat es eine Schießerei gegeben. Polizisten in Zivil haben einen Mann kontrollieren wollen, den sie anhand des Fahndungsfotos als den gesuchten Eberhard Wagner identifiziert haben. Als sie sich ihm näherten, hat er eine Pistole gezogen und sich den Weg freigeschossen. Ein Kollege hat einen Steckschuss in der Lunge, ein anderer wurde in die Brust getroffen.»

«Wo befindet sich der Flüchtige?»

«Der ist in Richtung Genthiner Straße gerannt. Dort müsste er sich noch aufhalten.»

«Von wo aus rufen Sie an?»

«Aus der Gothaer Straße.»

«Wo sind die Kollegen unserer Gruppe?»

«Piossek, Bredow und Galgenberg sind unterwegs zum Tatort. Strattmann habe ich noch nicht erreicht, der wollte ins Schöneberger Rathaus. Kynast steckt in irgendeinem Meldeamt.»

Während sie in Richtung Tiergarten fuhren, blieb der Polizist auf dem Beifahrersitz am Funktelefon und berichtete fortlaufend. «Die Kollegen meinen, der Kerl sei in ein Haus in der Pohlstraße geflüchtet.»

Kappe schnappte sich den Hörer. «Wer hat die Einsatzleitung vor Ort?»

«Polizeioffizier Hans Grossmann.»

«Sagen Sie ihm, das Karree zwischen Genthiner Straße, Lützow-, Potsdamer und Kurfürstenstraße wird komplett abgeriegelt. Es interessiert mich auch nicht, ob das den Zuhältern dort passt oder nicht. Und die U-Bahn-Station Kurfürstenstraße wird ebenfalls gesperrt.»

Otto Kappe war sich bewusst, dass die Kollegen, die die Ecke Kurfürstenstraße / Potsdamer Straße absperren mussten, keine leichte Aufgabe hatten. Denn dort hatte sich in letzter Zeit ein Rotlichtviertel gebildet.

Als der Polizeiwagen an der Ecke Genthiner Straße / Kurfürstenstraße hielt, stieg Kappe aus und schaute sich um. Beide Straßen wurden durch quergestellte Polizeifahrzeuge abgeriegelt. Ähnlich würde es an den anderen Ecken des von ihm genannten Karrees aussehen. Lange würden sich die stark befahrenen Straßen allerdings nicht sperren lassen. Er ging in die Genthiner Straße hinein. Nach wenigen Metern stieß er auf zwei zusammengeschobene grüne VW-Bullis mit weißem Dach. Dahinter lag die Pohlstraße. Polizisten mit gezogenen Waffen hatten Position eingenommen. Er wurde aufgefordert, sich über die Kluckstraße einen Zugang zur Pohlstraße zu suchen. Also rannte er die Genthiner Straße zurück, dann über die Lützowstraße zur Kluckstraße. An der Abzweigung zur Pohlstraße traf er erneut auf eine Blockade. Dort fand er Gerhard Piossek und Ludwig Bredow sowie Einsatzleiter Grossmann vor, einen ihm gut bekannten, umsichtigen Polizeioffizier.

«Sind alle Bewohner aus der Pohlstraße in Sicherheit?», fragte Kappe.

«Wir konnten noch nicht alle evakuieren», antwortete Grossmann. «Sehen Sie auf der rechten Seite das Haus mit dem hellbraunen Putz? Da drin sitzt der Flüchtige.»

«Ist er allein?»

«Die Kollegen berichten, ein junger blonder Mann habe ihn ins Haus gelassen. Es sind also mindestens zwei. Als der Gesuchte im Haus verschwunden war, hat der Jüngere sofort angefangen zu feuern. Daraufhin haben wir die Pohlstraße abgesperrt. Jetzt werden die Anwohner über die Hinterhöfe rausgeholt, soweit das möglich ist. Denn als einige Anwohner auf die Straße traten, wurden sie sofort beschossen. Eine Frau ist am Bein verletzt worden, ein Mann wurde an der Hüfte getroffen, er schwebt in Lebensgefahr.»

«Das heißt, wir müssen rasch handeln», sagte Otto Kappe.

«So ist es.»

Kappe studierte das Haus genau, in dem sich die Verdächtigen aufhielten. Drei Fenster im Parterre, eines davon war geöffnet. Er schaute sich die Umgebung an. Als sich im zweiten Stock des gegenüberliegenden Hauses eine Gardine leicht bewegte, fielen zwei Schüsse und durchschlugen die Fensterscheibe.

«Das muss aufhören!», erklärte Kappe. «Wie sieht Ihr Plan aus?», fragte er den Einsatzleiter.

«Wir stürmen die Wohnung, sobald wir die Bewohner der oberen Stockwerke evakuiert haben. Das dauert noch einige Minuten, schätze ich.»

«Wie evakuieren Sie die Wohnungen?»

«Meine Leute sind schon dabei, sich über die Dächer vorzuarbeiten, um von oben in das Haus zu kommen.»

«Gute Arbeit!», lobte Kappe. «Ich werde die Verdächtigen so lange beschäftigen. Haben Sie ein Megafon?»

Nachdem ihm das Gerät gereicht worden war, stellte er sich zwischen die beiden Bullis. «Hier spricht die Polizei! Herr Wagner ...»

Mehrere Geschosse, aus der Parterrewohnung abgegeben, schlugen in seiner Nähe ein. Augenblicklich erwiderten Polizisten aus der Genthiner Straße das Feuer und trieben den Täter dadurch vom Fenster zurück.

«Herr Wagner, das Haus, in dem Sie sich befinden, ist umstellt. Hören Sie sofort auf zu schießen! Und verlassen Sie mit erhobenen Händen das Gebäude!», rief Kappe.

Keine Reaktion.

Der Einsatzleiter tippte ihn an. «Meine Leute haben sich im Treppenhaus positioniert. Alle Anwohner sind draußen. Wir werden jetzt Nebelkerzen und anschließend Tränengas einsetzen.»

«In Ordnung», sagte Kappe. Der Einsatzleiter hatte recht: Da die Verdächtigen auf alles schossen, was sich bewegte, konnten weitere Opfer nicht ausgeschlossen werden, wenn nicht rasch gehandelt wurde.

Grossmann gab ein Zeichen, und Nebelkerzen segelten gegen die Vorderfront des Hauses. Aus dem Innern kam Gebrüll. Wagner und sein Kompagnon begannen sofort, in den weißen Nebel zu feuern. Von dem anderen Ende der Straße her schlich sich ein Polizeibeamter zu dem Haus. Er warf mehrere Tränengasgranaten durch das offene Fenster. Kappe vernahm ein Husten, das aus der Wohnung kommen musste. Dann tauchte eine Gestalt am Fenster auf. Eine dünne Stimme rief: «Ihr Schweine!» Schließlich wurde ein Schuss in die Pohlstraße abgegeben. Polizisten feuerten sofort zurück. Offenbar wurde der Mann von einer Kugel getroffen, denn er ging zu Boden. Gebrüll ertönte aus dem Treppenhaus, in schneller Folge fielen nochmals Schüsse. Schließlich wurde es fast still, nur noch ein starkes Husten war zu hören.

«Los!», befahl Grossmann, und seine Leute rannten zur Haustür, die nach einigen Tritten aufflog. Kappe lief hinterher, Bredow im Schlepptau. Im Flur trafen sie auf andere Polizisten, die aus den oberen Stockwerken hinabgestürmt waren und die Tür zur Parterrewohnung eingetreten hatten.

Kappe, Bredow und der Einsatzleiter hielten sich Taschentücher vors Gesicht und betraten die Wohnung. Beide Männer lagen tot auf dem Boden. Wagner war offensichtlich durch einen Kopfschuss getötet worden. Seine Augen starrten gegen die Zimmerdecke, der Mund war leicht geöffnet. Der jüngere Mann lag ebenfalls auf dem Rücken, sein Hemd war blutdurchtränkt, er war in die Brust getroffen worden. Sein Gesicht war verzerrt, so als hätte er im allerletzten Augenblick seines Lebens eine große Anstrengung vollbringen wollen. In der rechten Hand hielt er immer noch eine Luger.

Bredow beugte sich über den Jüngeren. «Irgendwie kommt er mir bekannt vor», erklärte er. Anschließend studierte er Wagners Kopf und wies Kappe auf die belgische FN High Power, eine Neun-Millimeter-Waffe, hin, die neben dessen Hand lag.

Als Kappe aus der Wohnung trat, kam ihm bereits die Spurensicherung entgegen. Vor dem Haus traf er den Einsatzleiter. Grossmann bot ihm eine Ernte 23 an. Nach diesem Einsatz ließ der Kommissar sich gerne dazu überreden, ausnahmsweise eine zu rauchen. Auch den Fingerhut voll Branntwein aus einer silbernen Taschenflasche verschmähte er nicht. «Erstklassig, wie Ihre Leute das gemacht haben!»

«Die Amis haben uns ja auch eingebläut, auf was es ankommt.»

«Das wusste ich gar nicht.»

«Ich habe das selbst organisiert, auf dem kleinen Dienstweg. Nur Kriminaldirektor Niederzier wusste Bescheid.»

Als Kappe zum Fahrzeug zurückging, holte ihn Bredow ein. Er sagte missmutig: «Es wurde öfter geballert als notwendig.»

«Soll ich etwa zum Chef gehen und ihn bitten, er möge überprüfen lassen, ob die Kollegen zu lockere Finger hatten? Kommt überhaupt nicht infrage!»

Zwei Stunden später hatte Otto Kappe im Polizeipräsidium am Platz der Luftbrücke zu erscheinen. Der Innensenator hatte jegliche Einwände des Kripochefs überhört und eine Pressekonferenz anberaumt. «Über solche Geschehnisse muss von uns berichtet werden!», hatte er erklärt.

Kriminaldirektor Günther Niederzier und der Leiter der zuständigen Ermittlungsgruppe waren beauftragt, die Presse zu informieren. Kappe mochte solche Auftritte nicht. Zum einen traute er nur sehr wenigen Journalisten über den Weg, zum anderen hatte er die zweifelhafte Fähigkeit, immer gerade die Augen geschlossen zu haben, wenn er fotografiert wurde.

Er hatte sich nochmals seine Notizen durchgelesen, um Stichpunkte für die Erklärung niederzuschreiben. Anschließend hatte Frieda Kessel ihn begutachtet, seine Krawatte gerichtet und ihn darauf aufmerksam gemacht, dass seine Schuhe mal wieder gewienert werden müssten.

Manche Journalisten grüßten knapp, als Niederzier und Kappe den Saal betraten, in dem die Pressekonferenz abgehalten werden sollte. Zu Kappes Überraschung war sogar Chefredakteur Eberhard Schütz vom Sender Freies Berlin erschienen. Der blickte ihn besorgt an und schaute dann zu Eduard Strattmann, der am Rand des Saals stand und das Treiben der Journalisten beobachtete. Strattmann nickte Schütz beruhigend zu. Der Journalist trat an Kappe heran und sagte leise: «Einige wollen Sie heute in die Enge treiben. Passen Sie auf!»

«Was meinen Sie?»

«Es gibt allerlei Gerüchte. Sehen Sie sich vor!»

«Machen Sie sich keine Sorgen!», entgegnete Kappe. «Aber vielen Dank für die Warnung.»

Da niemand die Öffentlichkeit beunruhigen wollte, hatten Niederzier und Kappe die klare Anweisung erhalten, die eigentliche Aufgabe der Ermittlungsgruppe zu verschweigen. Niederzier erklärte den Journalisten also, die von Kriminaloberkommissar Kappe geleitete Gruppe habe den Auftrag, sich älterer ungelöster Fälle anzunehmen. In einem dieser Fälle sei man auf neue Spuren gestoßen und habe die Ermittlungen wiederaufgenommen. Ein Verdächtiger, den man habe verhaften wollen, habe die betreffenden Polizisten angegriffen und sei dann in ein Haus in der Pohlstraße geflüchtet, wo ein Komplize ihn erwartete. Nachdem sich die beiden Männer geweigert hätten sich zu stellen und zudem auf Anwohner geschossen hätten, sei es zu einer Polizeiaktion gekommen, in deren Verlauf die beiden Verdächtigen ums Leben gekommen seien. Niederzier bat schließlich Kappe, Einzelheiten der heutigen Vorgänge zu schildern.

«Heute geriet eine von uns eines Kapitalverbrechens verdächtige männliche Person in eine Personenkontrolle. Der Mann zog sofort eine Schusswaffe und feuerte um sich. Zwei Polizisten wurden zum Teil verletzt, einer von ihnen schwer, jedoch ist er inzwischen außer Lebensgefahr. Im Anschluss daran hat der Täter sich mithilfe eines anderen Mannes in einem Haus in der Pohlstraße verschanzt. Die Lage spitzte sich zu, weil mehrere Passanten von Schüssen des Verdächtigen und seines Komplizen getroffen wurden. Die Verletzungen dieser Personen waren glücklicherweise leichterer Art. Der Einsatzleiter entschied nach Abwägung aller Erkenntnisse und nachdem die Bewohner evakuiert worden waren, das Haus zu stürmen. Die Verdächtigen widersetzten sich erneut ihrer Festnahme und machten abermals von ihren Schusswaffen Gebrauch. Im Laufe des nun folgenden Schusswechsels wurden sie getötet. Den beteiligten Beamten blieb nach unserer Auffassung keine andere Wahl als den Tod der beiden Männer in Kauf zu nehmen.» Kappe legte eine Pause ein, in der man eine Stecknadel hätte fallen hören können. «Wie Herr Kriminaldirektor Niederzier bereits ausführte, fand die erwähnte Personenkontrolle im Rahmen der Ermittlungsarbeit zu einem ungeklärten Kapitalverbrechen statt. Ich danke Ihnen für Ihre Aufmerksamkeit.»

Ein Wald von Armen reckte sich empor.

«Sie sagten, die beiden seien bei einem Schusswechsel getötet worden. Gab es keine Möglichkeit, die beiden zu entwaffnen?», fragte ein Journalist vom *Tagesspiegel*.

Kappe blieb ungerührt. «Nein.»

«Um wen handelt es sich bei den beiden Toten?», wollte der Journalist wissen.

«So weit sind wir noch nicht, dass wir mit Sicherheit Namen nennen können.»

«Können Sie ausschließen, dass die beiden gezielt getötet wurden?», fragte ein blasser älterer, gesetzter Mann mit Hornbrille und schütterem Haar.

Niederzier schritt sofort ein. «Ich habe Sie noch nie auf einer Pressekonferenz der Polizei erblickt. Da wir die Journalisten, mit denen wir zusammenarbeiten, normalerweise kennen, bitte ich Sie um Ihren Namen und die Nennung des Presseorgans, das Sie vertreten.»

«Mühlenberg», erwiderte der Mann. «Ich vertrete die Zeitung der Sozialistischen Einheitspartei Westberlins, die *Wahrheit*.»

«Wir töten keine Menschen gezielt, Herr Mühlenberg», sagte Kappe. «Alles andere muss die Spurensicherung klären.»

«Krämer, *Bild*», meldete sich ein anderer. «Hat dieser Vorfall etwas mit den Meldungen zu tun, wonach in Berlin Anschläge befürchtet werden?»

«Was für Anschläge?», rief jemand dazwischen. «Auf Personen oder auf Gebäude?»

Niederzier blieb ruhig. «Ich weiß nichts von Plänen, nach denen in Berlin Anschläge verübt werden sollen. Richtig ist, dass vor Tagen Spekulationen über Anschläge in die Welt gesetzt wurden. Diese Spekulationen stammen nicht von der Polizei. Solche Gerüchte gibt es immer mal wieder, besonders in einer Stadt wie Berlin, an der Nahtstelle zwischen Freiheit und Unterdrückung.»

Unter den Journalisten wurde es laut. «Bremer vom *Kurier*», rief ein jüngerer Mann. «Wollen Sie damit andeuten, die beiden Toten sind aus dem Osten?»

«Mitnichten», antwortete Niederzier, dem das Geplänkel mit den Journalisten Spaß zu machen schien.

«Hatten Sie Hilfe von östlicher Seite?», wollte der *Bild*-Vertreter wissen. «So wie im Fall Walter Pannewitz vor fünfzehn Jahren?»

Kappe erinnerte sich gut an diesen Fall, der monatelang die Berliner Gemüter erregt hatte. Die Bande des sogenannten Einbrecherkönigs Walter Pannewitz war aufgeflogen, weil sich West- und Ost-Berliner Polizei abgesprochen und ausgetauscht hatten, nachdem die Pannewitz-Bande durch einen Bruch Millionen erbeutet hatte. Danach hatte es eine Zusammenarbeit zwischen West und Ost nicht mehr gegeben. «Nein», antwortete er.

«Hätten Sie Hilfe von drüben haben können?»

Plötzlich war es still.

Kappe schaute den Fragenden, einen Journalisten der *B.Z.*, genau an, dann sagte er: «Nächste Frage!»

«Stimmt es, dass Frau Professor Rathstein in diesem Zusammenhang zur Fahndung ausgeschrieben wurde?», wollte der RIAS wissen.

«Dazu können wir uns nicht äußern.»

Das Frage-Antwort-Spiel ging noch eine ganze Weile. Allmählich nahm das Interesse der Journalisten ab. Otto Kappe spürte, dass ihm der Schweiß den Rücken hinunterrann. Strattmann hatte sich auf einen freien Platz gesetzt und seinen Kopf auf eine Hand gestützt. Er beobachtet mich, wie Kinder eine im Spinnennetz zappelnde Fliege beobachten, dachte Kappe.

Dann schloss Niederzier die Pressekonferenz und bedankte sich bei den Gästen für das Interesse.

ACHT
Mittwoch, 23. November 1966

DAS SCHRILLE LÄUTEN des Telefons zerriss die nächtliche Stille. Wieder und wieder ertönte es.

Otto Kappe zwang sich nach etlicher Zeit, die Nachttischlampe anzuknipsen, und schimpfte: «Ich komm ja schon! Wollt ihr Tote aufwecken?» Er ging zum Telefon und nahm den Hörer ab. «Kappe hier. Was ist los?»

«Hier ist Strattmann. Otto, entschuldige die nächtliche Störung, aber du musst in die Passauer Straße kommen. Die Kollegen haben eine Wohnung gestürmt und ein Ehepaar zu Tode erschreckt. Es ist dringend!»

«Ich komme sofort.»

Gertrud hatte sich im Bett herumgedreht. «Wie viel Uhr ist es?», fragte sie.

«Kurz nach halb vier», antwortete er. «Ich muss weg.»

«Wohin?»

«In die Passauer Straße. Warte nicht mit dem Frühstück auf mich. Ich habe keine Ahnung, wie lange das dauern wird. Ich muss klären, was da passiert ist.»

Es war noch dunkel, als das Polizeiauto, das Kappe vor seiner Wohnung abgeholt hatte, mit Blaulicht über den Großen Stern in Richtung Schöneberg raste.

«Martinshorn?», fragte der Fahrer kurz angebunden.

«Nicht nötig, wir sind ja bald da, und bisher haben wir keinen aus der Spur scheuchen müssen.»

In der Passauer Straße entdeckte er zwei grüne Polizeifahr-

zeuge und ein Zivilauto der Kripo. Einige neugierige und frösteln-
de Anwohner standen auf dem Gehweg. Eduard Strattmann und
Hans-Gert Galgenberg warteten bereits, sie nickten Kappe lediglich zu. Strattmann wirkte hellwach. Er sprach ruhig mit den anderen Polizisten. Galgenberg hatte eine finstere Miene aufgesetzt
und schwieg betreten.

«Wer hat das Kommando?», fragte Kappe zornig.

«Das Kommando habe ich», meldete sich eine müde Stimme.

Otto Kappe kannte den Mann, konnte sich aber an seinen
Namen nicht erinnern. «Was ist passiert?»

«Die Funkzentrale meldete, eine Zivilstreife habe den gesuchten Pretzky gesehen. Er befände sich in diesem Haus», er deutete
mit dem Kinn in Richtung Eingangstür.

«Im Dunkeln will die Streife den erkannt haben?», fragte
Kappe zweifelnd.

Der Polizist schaute Kappe an. «Wenn ich nachts im Einsatz
bin, kann ich nicht prüfen, ob eine Angabe der Zentrale richtig
oder falsch ist.»

Kappe nickte mit besänftigender Miene. «Fahren Sie bitte
fort!»

«Während der Fahrt hierher habe ich der Zentrale gesagt,
dass sie die Kripo sofort alarmieren soll. Als wir hier ankamen,
hatten wir noch keine weiteren Anweisungen.» Er zündete sich
eine Zigarette an, eine Reval, und rauchte hastig. «Nach einiger
Zeit meldete sich die Zentrale erneut. Die Streife habe gesagt, der
Verdächtige sei in der Wohnung im dritten Stock rechts. Die Kripo
wisse schon Bescheid.»

«Mehr nicht?»

«Nein, mehr nicht.»

«Haben Sie eine Ahnung, wer aus der Zentrale mit Ihnen
gesprochen hat?»

«Nein, ich kannte die Stimme nicht.»

«Wo waren Sie, als die erste Aufforderung kam, in die Passauer Straße zu fahren?»

«Am Viktoria-Luise-Platz, wir waren von dort in zwei Minuten hier.»

«Wie viel Zeit ist zwischen der ersten und der zweiten Meldung vergangen?»

«Schwer zu sagen, aber mehr als sieben oder acht Minuten nicht», meinte der Polizist.

«Und dann?»

«Nichts Neues mehr.»

«Haben Sie in der Zentrale nachgehakt?»

«Ja, das haben wir, nachdem wir nichts mehr gehört haben. Man sagte uns, dass wir abwarten sollten. Dann hieß es aber plötzlich: ‹Hier hat niemand einen Einsatz in der Passauer Straße angeordnet.›»

«Da treibt offenbar jemand sein Spielchen mit uns», sagte Kappe. «Was ist dann passiert?»

«Wir sind mit gezogenen Waffen ins Haus und haben uns vor der Wohnungstür postiert. Dann forderten wir, dass uns geöffnet werde. Als sich nichts tat, haben wir die Tür gewaltsam aufgebrochen.»

«Und wie sind Sie ins Haus gekommen?», fragte Kappe.

«Die Tür hier muss man nur scharf angucken, dann geht sie von alleine auf.»

Kappe wusste, was das bedeutete: Sie hatten die Haustür unter Gewaltanwendung geöffnet. Er sagte: «Fahren Sie bitte ins Präsidium und schreiben Sie einen Bericht. Mein Kollege Galgenberg wird Sie begleiten. An den können Sie sich halten, wenn Sie Fragen haben.»

Galgenberg ging mit dem uniformirten Kollegen in Richtung Polizeiauto. Kappe betrat dagegen das Haus. Die Eingangstür war offen.

Das Treppenhaus war sehr sauber und gepflegt. Im dritten Stockwerk unterhielt sich ein Polizist mit einem älteren Mann im Morgenmantel. Kappe schätzte Letzteren auf Anfang siebzig. Der Mann war untersetzt, die verbliebenen grauen Haare standen wirr von seinem Kopf ab. In seinem Gesicht saß eine fleischige Nase, seine Unterlippe hing etwas nach unten, Altersflecke bedeckten seine Wangen. Er wirkte aufgekratzt.

«Guten Morgen!», sagte Kappe und trat zu den beiden Männern. «Oberkommissar Otto Kappe von der Berliner Kripo. Es tut mir leid, aber die Kollegen haben sich gewaltsam Zutritt zu Ihrer Wohnung verschafft, weil darin ein Mordverdächtiger vermutet wurde. Ein solcher Irrtum kommt sehr selten vor. Wir kommen für den Schaden natürlich auf.»

Der Mann hörte ihm angestrengt zu, den Kopf leicht schräg, sein Gehör schien nicht mehr das beste zu sein.

«Sagen Sie mir bitte», fuhr Kappe etwas lauter fort, «was geschehen ist.»

Der Mann schnaufte. «Wir lagen im Bett. Wach geworden sind wir, meine Frau und ich ...»

«Wo ist Ihre Frau?», unterbrach ihn Kappe.

«Bei den Nachbarn. Hat ihre Tropfen gegen Herzschmerzen genommen. Ihr geht es schon wieder besser.»

Kappe nickte. «Es tut mir leid, was passiert ist. Was genau haben Sie mitbekommen?»

«Wir hörten einen dumpfen Schlag. Zunächst dachten wir an einen betrunkenen Nachbarn. Plötzlich rief dann aber jemand: ‹Polizei, machen Sie die Tür auf!› Da dämmerte uns, dass eine Verwechslung vorlag. Sekunden später guckten wir in Pistolenmündungen. Polizisten brüllten mich an, ich solle mich auf den Boden legen. Als ich das nicht schnell genug tat, rissen sie mich zu Boden. Ich spürte ein Knie im Rücken und wurde zu Boden gedrückt. Erst dann merkten die Beamten offenbar, dass sie den Falschen hatten. Sie sagten, sie würden einen Mann Mitte vierzig suchen.»

Kappe schaute den Polizisten an. Der hob hilflos die Hände und bat den älteren Mann um Entschuldigung.

«Mich interessiert noch», fragte Otto Kappe den Alten, «ob Sie während der letzten Tage ungewöhnlichen Besuch hatten.»

Der Mann überlegte. «Sonnabend war ein netter junger Mann hier, der wollte sich das Zimmer anschauen, das wir in der Zeitung zur Miete ausgeschrieben haben. Er wollte sich wieder melden. Sonst gab es nichts Auffälliges.»

«Wie sah dieser junge Mann aus?»

«Schlank und groß. Ich schätze, um die ein Meter achtzig. Blonde Haare, an den Seiten zurückgekämmt. Er trug eine schwarze Windjacke und eine braune Hose.» Der Mann überlegte. «An seine Schuhe kann ich mich leider nicht erinnern.»

«Haben Sie noch einmal etwas von ihm gehört?»

«Nein. Im Nachhinein war das schon etwas seltsam …»

«Vielen Dank! Passen Sie gut auf sich auf!», sagte Kappe und drückte dem Mann die Hand.

Anschließend ließ er sich in die Gothaer Straße fahren. Er schrieb einen Bericht über das nächtliche Intermezzo und sorgte dafür, dass der sofort Kripochef Niederzier und Kriminalrat Keunitz zugestellt wurde. Dann rief er zu Hause an und teilte Gertrud mit, dass er gleich auf der Dienststelle bleiben werde.

Eduard Strattmann war direkt von der Passauer Straße aus in die Funkbetriebszentrale gefahren und traf nun ebenfalls im Büro ein. Er schüttelte nur den Kopf. «Ich habe mit den Kollegen in der Zentrale gesprochen. Es war nichts los in der Nacht, und so haben sie ihren Arbeitsplatz für ein paar Minuten verlassen, um sich Kaffee zu besorgen. Ich schätze, eine Zigarettenpause haben sie sich gleich auch noch gegönnt. Also waren sie vielleicht eine Viertelstunde weg. Sie behaupten, sie hätten einen Kollegen gebeten, sie zu vertreten. Der sei aber nicht mehr am Ort gewesen, als sie zurückkehrten.»

«Es muss aufgeklärt werden, wer dieser ominöse Kollege war!»

«Bemüh dich nicht, Otto! Am Ende kommt nur heraus, dass ihn niemand mit Namen kennt.»

«Nein, Eduard, das können wir nicht auf sich beruhen lassen!»

Mittlerweile war Frieda Kessel eingetroffen. Auch Ludwig Bredow kam gerade. Er sagte: «Wir sind das Gesprächsthema Nummer eins im Haus. Manch einer kann seine Schadenfreude kaum verbergen, weil wir uns so haben leimen lassen.»

Als sich die Gruppe vollständig im Besprechungsraum eingefunden hatte, sagte Kappe: «Ich akzeptiere nicht, dass man uns diese Geschichte anlastet. Wir müssen das aufklären. Das sieht auf den ersten Blick alles wie ein Dummejungenstreich aus. Aber ich befürchte, es steckt mehr dahinter ...»

Galgenberg berichtete, er habe gehört, dass wegen einiger Krankheitsfälle in der Zentrale Ersatz von der Freiwilligen Polizei-Reserve angefordert worden sei. «Ich schätze, die Meldung kam von einem aus deren Reihen.»

«So was hab ich mir fast schon gedacht», meinte Strattmann. «Herauszubekommen, wer genau dahintersteckt, wird aber schwierig.»

«Warum?», erkundigte sich Kappe. «Es wird doch sicherlich dokumentiert, wer von den Freiwilligen wo und wann eingesetzt wird.»

«Die Erfahrung zeigt leider», antwortete Strattmann, «dass bei der Rekrutierung der Reserve recht lax vorgegangen wird. Es gab bereits mehrere Fälle, in denen sich jemand unter falschem Namen angemeldet hat.»

«Heißt das, dass es bereits öfter Schwierigkeiten mit Mitgliedern der Polizei-Reserve gegeben hat?», fragte Kappe.

«So ist es», erwiderte Strattmann.

«Mich beunruhigt außerordentlich», erklärte Kappe, «dass bei diesem Ehepaar in der Passauer Straße vermutlich einer aus dem Kreis um Wagner und Pretzky aufgetaucht ist. Die Beschreibung, die der alte Herr abgegeben hat, könnte auf den toten Komplizen von Wagner deuten. Der stellt sich als sympathischer junger Mann vor, der ein Zimmer sucht, plaudert nett mit den Leuten, kann sich aber angeblich nicht entscheiden, ob er das Zimmer nehmen will. Und dann wird uns die falsche Information zugespielt, bei der Adresse handle es sich um den Unterschlupf krimineller Elemente. Aber was wird damit bezweckt?»

«Mir fällt da etwas Merkwürdiges ein», merkte Ludwig Bredow an. «Das mag reiner Zufall sein, aber wer weiß … In dem Haus an der Passauer Straße, in dem sich heute alles abspielte, hat bis Mitte der Dreißigerjahre auch Fritz Pfeffer gewohnt, ein jüdischer Zahnarzt. Er ist nach Holland emigriert und hat sich dort zusammen mit anderen versteckt, darunter Anne Frank, deren Leben verfilmt worden ist.»

Kappe erinnerte sich daran, dass er sich vor vielen Jahren im Schlosspark Theater eine Aufführung des Stücks *Das Tagebuch der Anne Frank* angeschaut hatte. Seine Lieblingsdarstellerin Johanna von Koczian hatte damals die Hauptrolle gespielt.

«Beide wurden in Holland von einem Oberscharführer namens Karl Josef Silberbauer verhaftet», fuhr Bredow fort. «Fritz Pfeffer und Anne Frank kamen im Konzentrationslager ums Leben. Silberbauer indes machte später beim BND Karriere.»

«An den erinnere ich mich», sagte Gerhard Piossek. «Der BND hat Silberbauer nach Berlin entsandt, um Kontakte zum rechten Milieu zu pflegen. Nach dem Krieg ist wirklich vieles schiefgelaufen in Deutschland …»

Alle schwiegen betreten.

Kappe kam wieder auf den Vorgang der vergangenen Nacht zu sprechen. Er sagte zu Piossek: «Finde du bitte heraus, ob jemand von der Polizei-Reserve Dienst in der Funkzentrale versehen hat und wer das war.»

«Mit größtem Vergnügen», erwiderte Piossek. «Die Kollegen in der Zentrale sind wie wir auf 180, weil sie jetzt für blöd gehalten werden. Sie wollen mit der Polizei-Reserve nicht in einen Topf geworfen werden.» Piossek schaute in die Runde. «Mir ist noch etwas Eigentümliches aufgefallen. Perkel, der immer noch observiert wird, wohnt in der Schlüterstraße. Die Passauer Straße liegt ganz in der Nähe, auch die Pohlstraße ist nicht weit. Das gilt ebenfalls für die Kolonnenstraße und die Landauer Straße, wo Frau Rathstein lebt. Und die Frau Schubert hat am Rüdesheimer Platz geputzt. Maischonnek hat bisher an der Ecke Koblenzer Straße / Hildegardstraße am Wilmersdorfer Volkspark gewohnt. Auch das ist nicht allzu weit entfernt. Ob das wirklich Zufall ist?» Er überlegte. «Können wir Maischonneks ehemalige Wohnung inspizieren?»

«Das können wir vergessen!», antwortete Strattmann. «Da der Staatsschutz uns nicht über den Weg traut, wird er das zu verhindern wissen. Sie meinen also, die ganze Bande habe sich im Bereich Schöneberg / Charlottenburg aufgehalten?»

«Das scheint mir doch etwas weit hergeholt», warf Günter Kynast ein. «Hat sich eigentlich in der Sache Rathstein etwas Neues ergeben?»

«Nichts», erwiderte Piossek. «Sie bleibt wie vom Erdboden verschluckt.»

«Hat sich jemand ihre Wohnung angeschaut?», fragte Kappe. «Nein? Dann wird das heute erledigt. Ist sonst noch etwas?»

«Mir ist aufgefallen, dass der junge Mann, der sich in der Pohlstraße der Festnahme widersetzt hat und ums Leben gekommen ist, eine gewisse Ähnlichkeit mit der Rathstein hat», sagte Bredow. «Die hat, wie ich im Protokoll gelesen habe, einen Sohn, der verschollen sein soll ... Aber vielleicht ist das noch viel weiter hergeholt ...»

«Prüft das!», sagte Kappe. «Kynast, Bredow und Galgenberg schauen sich die Wohnung der Rathstein an. Gibt es einen Durchsuchungsbeschluss?»

«Bisher nicht», antwortete Galgenberg.

«Dann seht zu, dass ihr einen bekommt. Wenn der Richter Bedenken hat, sagt ihm, dass wir befürchten, Frau Rathstein sei etwas zugestoßen. Informiert aber zuvor bitte Kriminalrat Keunitz!»

Noch im Laufe des Vormittags unterrichteten Otto Kappe und Eduard Strattmann ihre Chefs.

Es sei völlig inakzeptabel, was nachts in der Passauer Straße geschehen sei, erklärte Günther Niederzier. Von nun an müsse noch besser darauf geachtet werden, dass kein Außenstehender etwas von ihren Ermittlungen erfahre. «Nehmen Sie bitte alle noch mal ins Gebet!», sagte Niederzier zu den beiden Kommissaren. «Wie verhalten sich unsere amerikanischen Freunde?», fragte er. «Gibt es Anlass zu Klagen?»

«Nein», antwortete Kappe. «Zwei Mal hat Herr Foggerty kurz angerufen und Hilfe angeboten. Ich habe ihm gesagt, noch kämen wir alleine zurecht. Aber irgendwie ist mir die Situation rätselhaft. So freundlich, ja geradezu besorgt waren die nie zuvor.»

Nach diesem Gespräch fuhr Kappe mit Lilli Lenné in die Schlüterstraße, um mit Siegfried Perkel zu reden.

Lenné hatte bereits einiges über den Senatsdirektor zusammengetragen. Er war als Jurastudent aus dem Westen nach Berlin gekommen. Dort hatte er Bekanntschaft mit der Kampfgruppe gegen Unmenschlichkeit gemacht und sich davon überzeugen lassen, dass Taten besser seien als bloße Reden. Nach dem Studium hatte er eine Anstellung in der Verwaltung der Stadt bekommen und sich hochgearbeitet. Über 900 000 Wohnungen gab es in der Stadt, mehr als die Hälfte stammte aus der Zeit vor dem Ersten Weltkrieg. Viele Wohnungen hatten weder Bad noch Toilette, 250 000 waren reif für die Abbruchbirne. Perkel wurde Flächensanierer. «Aus diesem Perkel werde ich noch nicht so richtig schlau», sagte Lilli Lenné während der Fahrt. «Angeblich ist er arm wie eine Kirchenmaus gewesen, als er nach Berlin kam.»

«Das ging vielen so», brummte Kappe.

«Den früheren Gefährten aus der Kampfgruppe ist er später aus dem Weg gegangen», fuhr Lenné unbeirrt fort. «Er scheint zu Zornesausbrüchen zu neigen, wenn ich eine Bemerkung in seiner Personalakte richtig deute.»

«Personalakte?», fragte Kappe. «Wie sind Sie denn an die gekommen?»

«Ist das eine dienstliche Aufforderung, Ihnen das mitzuteilen?», erkundigte sich die Kriminalmeisterin spitz.

«Ich will es lieber gar nicht wissen», antwortete der Ober-kommissar. «Sonst noch etwas über Perkel?»

«Nein, das war alles.»

Durch ein Telefonat hatten sie erfahren, dass der Senatsdi-rektor mit einer fiebrigen Erkältung zu Hause im Bett lag. Das Haus Schlüterstraße 42b war ein Altbau, der offenbar während des Kriegs zum Teil zerstört und später restauriert worden war. Ab dem zweiten Stockwerk wies das Gebäude einen hässlichen grauen Kratzputz auf. Es handelte sich um ein typisches Berliner Bürgerhaus. Den breiten Eingangsbereich schmückten Marmor und Stuck, gusseiserne Briefkästen hingen an der Wand, eine Wendeltreppe führte in die oberen Stockwerke. Auf jeder Etage befanden sich zwei Wohnungen. Die Türen waren mit Sicherheits-schlössern versehen und ihre Glasfenster zumeist mit Gardinen verhängt. Es herrschte Stille, die ab und an von Stimmen unter-brochen wurde, die aber rasch wieder verklangen. Der Geruch von Bohnerwachs und ein Hauch von Kaffeeduft lagen in der Luft. Kappe schmunzelte. Als Junge hatte er im Auftrag seines Vaters hübsch verpackte Kistchen mit Zigarren in solchen Häusern ab-geliefert und oft ein schönes Trinkgeld kassiert. Später hatte er auf der Suche nach einem Täter häufig in solchen Treppenhäusern gestanden, gelauscht, Atmosphäre geschnuppert und überlegt, wie er am besten vorgehen sollte.

Auf dem glänzenden Namensschild aus Messing an einer Wohnungstür im vierten Stock stand in geschwungener Schrift: *Siegfried Perkel.* Kappe klingelte. Der Hausherr, ein hochgewach-sener, kräftiger blonder Mann, bekleidet mit einem dunkelroten Morgenmantel aus Seide, einem blauen Wollschal und Haus-schuhen aus schwarzem Leder, öffnete. Er sah ungnädig auf die Besucher herab, bedeutete ihnen aber, ihm in die Wohnung zu fol-gen, nachdem sie sich vorgestellt hatten.

Kriminalmeisterin Lenné fragte: «Sind Sie allein in der Woh-nung?»

Statt ihr zu antworten, lud Perkel sie mit einer Handbewegung ein, sich in der Wohnung umzuschauen. Kappe wurde misstrauisch. Der Mann war ihm einen Deut zu selbstbewusst, sein Verhalten grenzte an Überheblichkeit. Sie schritten durch die aufgeräumte Wohnung.

In der Diele waren blankgeputzte Schuhe aufgereiht, ihre Spitzen akkurat zur Wand ausgerichtet. Eine riesige Kombinationstruhe von der Firma Saba stand mitten im Wohnzimmer. Von ihrer Vorderseite schaute Kappe ein blindes graues Auge an — die Bildfläche des Fernsehers. Zwei Glasvitrinen voller Bücher, die der Größe nach geordnet waren, standen an der Wand. In der Küche fiel Kappe ein alter emaillierter Herd auf, der mit Briketts oder Eierkohle befeuert wurde. Ein derart prächtiges Stück hatte er lange nicht mehr gesehen.

Kappe drehte sich zu Perkel um, der ihn abschätzig anschaute. «Herr Senatsdirektor», fragte er höflich, «lässt es Ihr gesundheitlicher Zustand zu, dass Sie uns einige Fragen beantworten?»

Perkel nickte lediglich und forderte die beiden auf, im Wohnzimmer auf einem Ledersofa hinter einem Glastisch Platz zu nehmen. Er selbst setzte sich in einen Sessel.

«Dies ist kein Verhör, das protokolliert wird, sondern eine informelle Befragung. Herr Perkel, wir wurden auf Sie aufmerksam, weil Sie auf einem Foto mit Personen abgelichtet sind, die wir suchen oder aber eines gewaltsamen Todes gestorben sind. Alle Personen auf diesem Foto waren Mitglieder der Kampfgruppe gegen Unmenschlichkeit, so wie Sie. Hier ist das Bild.»

Perkel würdigte das Bild, das Kappe ihm entgegenhielt, keines Blickes, sondern sagte mit einer auffallend sonoren Stimme: «Ich kenne es. Ich habe es selbst in meinem Fotoalbum. Es ist mir übrigens nicht entgangen, dass mir während der vergangenen Tage gelegentlich zwei Männer auf den Fersen waren. Ich bin sicher, dass das Polizisten in Zivil waren.»

«Diese Maßnahme dient Ihrem Schutz», warf Lilli Lenné ein.

«So, meinem Schutz? Dann erklären Sie mir bitte, warum das

Auto dieser Polizisten am vergangenen Wochenende sowie gestern und vorgestern bis morgens um etwa sieben Uhr auf der gegenüberliegenden Straßenseite stand, dann aber verschwand und auch von den Polizisten nichts mehr zu sehen war. Sie kreuzten jeweils erst wieder am Nachmittag auf.»

Kappe zuckte mit den Achseln. «Können wir zurückkommen zur Kampfgruppe?», fragte er.

«Kein Mensch interessiert sich noch für die Kampfgruppe!», entgegnete der Senatsdirektor unwirsch. «Mich interessiert aber brennend, warum ich nachts von Ihnen observiert wurde, aber tagsüber praktisch nicht. Was liegt gegen mich vor?»

«Es liegt nichts gegen Sie vor, Herr Perkel. Aber da wir nicht ausschließen können, dass in Berlin ein Anschlag vorbereitet wird und dass ehemalige Mitglieder der Kampfgruppe in dieses Vorhaben verwickelt sind, reden wir mit Ihnen. Bewacht werden Sie, weil einige damalige Mitglieder der Kampfgruppe, wie bereits erwähnt, kürzlich zu Tode gekommen sind. Vermutlich ist Ihnen dies bereits bekannt. Else Schubert wurde ebenso ermordet wie Axel Neumann. Zudem wurden ein gewisser Eberhard Wagner und sein junger Komplize bei einem Schusswechsel mit der Polizei getötet. Nach anderen ehemaligen Mitgliedern der Kampfgruppe fahnden wir noch. Kannten Sie Herrn Wagner?»

Perkel schüttelte den Kopf. «Nein», sagte er, «ich kenne keinen Mann namens Eberhard Wagner.»

«Wir wissen, dass Sie mit Frau Professor Gerhild Rathstein in Kontakt stehen. Die hat Sie doch am Freitag angerufen, oder? Haben Sie in der letzten Zeit noch weitere Personen aus der ehemaligen Kampfgruppe gesehen oder gesprochen?», fragte Kappe.

«Es stimmt, Frau Rathstein hat mich angerufen und von der Sache mit dem Foto berichtet. Normalerweise sehe ich sie aber nur ab und zu bei offiziellen Anlässen der Stadt. Das hat nichts mit der Kampfgruppe zu tun. Und auch sonst habe ich zu niemandem aus der KgU mehr Kontakt.» Perkel schaute nun doch auf das Foto.

«Oh, beinahe hätte ich vergessen zu erwähnen, dass der hier …», er zeigte auf Pretzky, «… mich am Montagmorgen aufgesucht hat.»

«Sie stehen also immer noch in Verbindung mit Herrn Pretzky?», wollte Lenné wissen.

«Nein, das nicht, ich hatte jahrelang nichts mehr von ihm gehört, aber so einen vergisst man so schnell nicht. Ein übler Schläger, nicht besonders helle im Kopf. Früher wurde er unausstehlich, wenn er etwas getrunken hatte.»

«Was wollte er von Ihnen?», fragte Lenné.

«Er wollte Geld. Aber ich habe ihn an die frische Luft gesetzt.»

«Ich kann mir nicht vorstellen, dass sich Pretzky einfach so hat rausschmeißen lassen», wandte Kappe ein.

«Hat er aber», antwortete Senatsdirektor Perkel. «Er wurde zwar laut, ja pöbelte mich an, das stimmt. Er hat auch gedroht, ich würde es noch bereuen, wenn ich mich weigerte, ihm zu helfen. Aber ich bin nicht der Mensch, der sich von solchen Frechheiten beeindrucken lässt. Am Ende ist er unverrichteter Dinge abgezogen.» Er zeigte zur Tür. «Verlassen Sie nun bitte meine Wohnung, denn ich möchte mich wieder hinlegen. Ich fühle mich nicht gut.»

Wieder auf der Straße angelangt, schlug Kappe seiner Begleiterin vor: «Lassen Sie uns ein paar Schritte gehen. Diese Geschichte stinkt. Wenn Perkel Dreck am Stecken hat, dann finden wir das heraus. Hier wohnen nämlich überwiegend ältere Herrschaften, die den halben Tag aus dem Fenster gucken, damit ihnen ja nichts entgeht.» Er überlegte einen Moment. «Nehmen wir uns die andere Straßenseite vor – Sie die Häuser links, ich die rechts. Wir klingeln uns durch und fragen, ob jemandem am Montagmorgen etwas aufgefallen ist.»

Eine Stunde später trafen sie sich wieder auf der Straße.

«Nichts», sagte Lenné. «Und bei Ihnen?»

«Auch nichts. Lassen Sie uns zum Hotel Bogota gehen. Dort

können wir den Geschäftsführer Rewald fragen. Den kenne ich ganz gut, und der kennt wiederum die Gegend hier bestens.»

«Bogota?», fragte Lilli Lenné. «Das ist ein merkwürdiger Name für ein Berliner Hotel.»

«Der Rewald ist vor den Nazis nach Bogota geflohen und nach dem Krieg zurückgekommen», erzählte Kappe, während sie die Schlüterstraße entlangspazierten. «Rewald hat uns hin und wieder einen Tipp gegeben, er ist ein hochanständiger Mann. In dem Haus gibt es sage und schreibe vier Gasthäuser übereinander. Unten die Pension Jahn, darüber den Rheinischen Hof, im dritten Stock den Bergischen Hof, schließlich im vierten und fünften Stock das Schmuckstück, das Hotel Bogota.»

«Vier Gasthäuser übereinander?», staunte Lilli Lenné.

«Das ist keine Besonderheit in Berlin. Nach dem Krieg sind Pensionen wie Pilze aus dem Boden geschossen, weil es an Übernachtungsmöglichkeiten fehlte.»

Als sie im Bogota ankamen, begrüßte sie Geschäftsführer Ernst Rewald herzlich. «Guten Tag, Herr Kappe, wollen Sie bei mir einen Mörder festnehmen? Ich fürchte, ich kann Ihnen heute keinen anbieten.»

Bei einer Tasse Kaffee berichtete Kappe, worum es ging. «Wenn am Montagmorgen im Haus des Senatsdirektors etwas vorgefallen ist, könnte das jemand beobachtet haben.»

Rewald befragte seine Angestellten – und siehe da, einer seiner Kellner hatte etwas zu berichten.

«Erzählen Sie mal!», forderte Kappe den Mann auf.

«Viel zu erzählen gibt es da nicht. Der Leo, ein Kollege vom Bergischen Hof, und ich haben am Eingang gestanden, 'ne Zigarette geraucht und ein bisschen gequasselt. Es hat geregnet wie Sau. Die Straße war völlig leer bis auf einen Opel vor der 42b. Ich wollte schon wieder nach oben zur Arbeit, als ein Mann aus dem Haus kam, mit so etwas wie einer Teppichrolle über der Schulter. Die hat er in dem Wagen verstaut. Ein ziemlich großer Kerl, piekfein angezogen. Hatte ordentlich was zu schleppen. Der hat doch 'ne Meise!, hab ich gedacht, der hat es doch nicht nötig, einen Teppich bei dem Wetter durch die Gegend zu tragen. Dann hab ich den Leo angestoßen, um ihm das zu zeigen. Leo hat gesagt, der Mann sei ein hohes Tier im Senat. Der feine Herr hat sich dann flugs ans Lenkrad gesetzt und ist weggefahren. Und wir sind zurück zur Arbeit.»

Otto Kappe dachte nach. «Kann ich mal Ihr Telefon benutzen?», fragte er den Geschäftsführer schließlich.

«Selbstverständlich. Noch einen Kaffee, und die junge Dame noch einen Tee?»

Oberkommissar Kappe ließ sich mit Strattmann verbinden. «Jetzt muss es rasch gehen, Eduard. Wenn ich mich nicht täusche, hat Perkel den Pretzky auf dem Gewissen. Du und Ludwig Bredow, ihr kommt sofort in die Schlüterstraße, ohne viel Aufsehen zu erregen. Galgenberg soll eine Durchsuchungsgenehmigung für die Wohnung von Siegfried Perkel, Schlüterstraße 42b, besorgen – Verdacht auf ein Tötungsdelikt. Dann soll er nachkommen. Wir treffen uns dort in zwanzig Minuten.»

Es wurde eine halbe Stunde, dann standen sie gemeinsam vor dem Haus, in dem sich Perkels Wohnung befand. Kappe klingelte im Parterre. Eine Frau öffnete ihm die Tür.

«Danke, dass Sie geöffnet haben», sagte er mit leiser Stimme und zückte seine Polizeimarke. «Bitte gehen Sie zurück in Ihre Wohnung, und verlassen Sie sie nicht! Wir haben hier im Haus einen Einsatz.»

Geräuschlos stiegen sie in den vierten Stock. Vor Perkels Tür blieben sie einen Augenblick stehen. Kappe nickte seinen Leuten zu, dann drückte er auf die Klingel. Siegfried Perkel öffnete nach wenigen Sekunden.

«Treten Sie zurück, Herr Senatsdirektor, wir haben eine Durchsuchungsgenehmigung für Ihre Wohnung! Und machen Sie bitte keine Schwierigkeiten.»

Sie teilten sich auf und begannen, die Räumlichkeiten zu durchsuchen. Perkel beobachtete sie mit wutverzerrtem Gesicht.

«Was haben Sie mit Pretzky gemacht?», fauchte Strattmann ihn an.

«Nichts», antwortete Perkel. «Das habe ich Ihrem Kollegen bereits gesagt.»

«Sie werden nun offiziell von uns vernommen», erklärte Kappe, «von Kriminalmeisterin Lenné und Kommissar Strattmann. Setzen Sie sich!»

Während Lenné den Senatsdirektor mit den Zeugenaussagen konfrontierte, schaute sich Kappe die Wohnung genauer an. Er fand nichts, was Perkel belastete. Da sich die Folgen seines Zahnarztbesuchs auch nach Tagen noch hin und wieder bemerkbar machten, ging er in die Küche, holte ein Glas aus einem Schrank, prüfte, ob es sauber war, füllte es mit Leitungswasser und nahm eine von den Spalt-Tabletten ein, die er für alle Fälle immer bei sich trug. Dabei fiel ihm wieder der prächtig emaillierte Küchenherd ins Auge. Ein schweres Stück. Als er die Küche verlassen wollte, stutzte er, dachte nach, kehrte zurück, zog dünne leinene Handschuhe aus seiner Hosentasche und streifte sie über. Er zog die rechte der beiden eisernen Schubladen am unteren Rand des Herds auf. Sie war leer. Dann öffnete er die linke Schublade – und pfiff durch die Schneidezähne. «Ludwig», rief er, «komm mal bitte her! Ich glaube, wir haben hier etwas sehr Interessantes.»

Als Bredow sich zu ihm hinabbeugte, hob Kappe einen schmiedeeisernen Schieber aus der Schublade, an die fünfzig Zentimeter lang und fast ein Pfund schwer. Er diente dazu, die Asche aus dem Kasten zu kratzen. Vorn war ein runder Griff angeschweißt, am anderen Ende ein eisernes Rechteck mit scharfen Kanten. «Guck mal, das hier ist Blut, darauf wette ich. Warum hat der Perkel das Ding bloß nicht sauber gemacht?»

Kappe trug den eisernen Schieber zu Perkel und hielt ihn ihm vor die Augen. «Ich nehme an, dass wir auf diesem Gegenstand Ihre Fingerabdrücke finden und dass es sich bei diesen Anhaftungen um Blut handelt. Würden Sie uns das bitte erklären, Herr Perkel?»

150

Perkel brachte zunächst kein Wort heraus. Dann erzählte er stockend: «Am Montagmorgen stand plötzlich Pretzky vor meiner Tür, redete von den alten Zeiten und davon, dass wir jetzt zusammenhalten müssten.» Perkel klaubte eine Packung Ernte 23 aus einer Tasche seines Morgenmantels und zündete sich eine Zigarette an. «Er wurde aggressiv, als ich ihm sagte, dass er gefälligst verschwinden solle. Ich wusste von früher, dass mit Pretzky nicht zu spaßen ist. Frau Rathstein hatte mir am Telefon erzählt, dass Else Schubert ermordet worden war. Und ich traute Pretzky eine solche Tat zu. Von dem Mord an Axel Neumann habe ich aus der Zeitung erfahren.» Perkel stand auf, um hin und her zu laufen. «Dann hat dieser Idiot versucht, mich am Hals zu packen. Ich habe ihn zu Boden gerungen. Daraufhin wollte er eine Pistole ziehen. Da habe ich ihm eine mit der Faust verpasst. Mir wurde in diesem Augenblick klar, dass dieser Pretzky mich nie in Ruhe lassen würde. Also habe ich mir seine Pistole geschnappt, damit der keinen Unfug damit anrichten konnte. Dann bin ich in die Küche gegangen, habe mir den Schieber genommen, bin zurück zu Pretzky und habe ihm das Ding da auf den Kopf gehauen. Zweimal. Danach war Ruhe.» Er schwieg.

«Weiter!», forderte Kappe.

«Anschließend habe ich ihn in einen Kelim eingerollt und so leise wie möglich in den Keller getragen. Es hat in Strömen geregnet, als ich meinen Wagen geholt habe. Ich habe Pretzky aus dem Keller geschleppt, ihn zum Auto gebracht und bin weggefahren.» Perkel sprach so ruhig, als würde er von einer alltäglichen Verrichtung sprechen.

«Wo ist Pretzkys Leichnam nun?», fragte Strattmann.

«Auf dem Grund der Spree. Zusammen mit seinem Schießeisen.»

«Wo genau haben Sie die Leiche versenkt?»

«Das sage ich Ihnen nicht!», entgegnete Perkel.

«Warum haben Sie ein Geständnis abgelegt, wollen uns aber

nicht verraten, wo wir den Toten finden können?», wollte Otto Kappe wissen.

«Weil einmal Schluss sein muss», entgegnete der Senatsbeamte. «Einmal muss Schluss sein mit den alten Geschichten!»

«Warum sind Sie nicht zu uns gekommen?», warf Lilli Lenné ein.

«Weil ich der Polizei nicht traue.»

Es klingelte an der Haustür. Strattmann ließ Galgenberg in die Wohnung, der einen Durchsuchungsbeschluss hochhielt.

Kappe dankte ihm. «Dann schaut euch mal genauer um», sagte er.

Unaufgefordert fuhr Perkel fort: «Seit fast zwanzig Jahren habe ich mit der Berliner Polizei zu tun. Zuerst hat man uns auf die Schulter geklopft, weil wir vor Ulbricht und seinen Leuten nicht kuschten. Überwacht hat man uns aber damals schon. Wir waren nützlich, aber man traute uns nicht. Man hat uns gefragt, ob wir auch töten würden. Dann sollten wir für die Amis spionieren. Und der BND kam mit Wissen der Polizei zu uns und steckte uns Geld zu. Ich habe also meine eigenen Erfahrungen mit der Berliner Polizei gemacht.»

«Sie sagen ständig ‹man›. Wen meinen Sie damit?», fragte Otto Kappe in scharfem Ton.

«Herr Kappe, ich bin nicht lebensmüde.»

«Sie fürchten, selbst ermordet zu werden, wenn Sie über bestimmte Verbindungen reden?»

«Ja, das fürchte ich.»

«Was hat Pretzky nun genau gesagt?», fragte Bredow.

«Er hat mir erklärt, dass man den Berliner Senat stoppen müsse – egal wie. Denn der mache mit den Kommunisten gemeinsame Sache. Das sei Verrat am Vaterland.»

«Sind Sie auch dieser Meinung?»

«Nein.»

«Hat er gesagt, wie er den Senat ‹stoppen› wollte?»

«Nein, das hat er nicht ausgeführt.»

«Fiel das Wort Attentat?», wollte Kriminalmeisterin Lenné wissen.

«Nein.»

«Sind Sie sicher?»

«Ich habe mir nicht jedes Wort gemerkt, aber ich bin ziemlich sicher, dass das Wort Attentat nicht fiel. Pretzky sagte: ‹Dich kriegen wir auch noch, wenn wir die Spitze aus dem Weg geräumt haben.›»

«Sie haben nicht gefragt, was er damit sagen wollte?»

«Nein, habe ich nicht.»

Otto Kappe hatte den Eindruck, dass aus Perkel in Bezug auf diesen Punkt für den Moment nicht mehr herauszuholen war. Deshalb wechselte er das Thema. «Was können Sie über Frau Professor Rathstein berichten?»

«Die Gerhild … Damals nannten wir sie unsere Rachegöttin. Das war weiß Gott nicht nur ironisch gemeint. Heute ist sie eine angesehene Professorin. Sie hat ihren Frieden mit der gutbürgerlichen Berliner Gesellschaft geschlossen.»

«Wissen Sie, wo sie sich momentan aufhält?», fragte Gerhard Piossek.

«Nein. Wieso?»

«Sie ist verschwunden», sagte Lilli Lenné.

«Das hat nichts zu sagen. Sie ist schon damals hin und wieder für ein paar Tage nicht aufzufinden gewesen. Sie sagte danach nie, wo sie gewesen war. Einige dachten schon, sie stecke mit Mielke unter einer Decke.»

«Mit Mielke?» Kappe war sichtlich irritiert. «Und wie dachten Sie darüber?»

«Ich dachte gar nichts.»

«Das muss Sie doch interessiert haben!»

«Kommen Sie mir nicht so, Herr Kommissar! Was ich gedacht habe, geht Sie gar nichts an.»

Bredow hatte Perkel während der Befragung genau beobachtet, nun ergriff er das Wort. «Ich weiß, was für einen Adrenalinschub ein gefährlicher Einsatz bewirken kann. Ihre Aktionsgruppen bestanden aus Männern und Frauen. Da kam es doch sicherlich auch mal zu ... zwischenmenschlichen Annäherungen. Standen Sie der Frau Rathstein nicht vielleicht näher, als Sie uns weismachen wollen? War Pretzky tatsächlich der Einzige, der Sie aufgesucht hat? War Frau Rathstein nicht auch hier?»

«Schwein!», entgegnete Perkel.

«Das ist keine Antwort auf meine Frage!»

Perkel schwieg.

«Stehen Sie auf!» Otto Kappe schaute den Mann scharf an. «Ich verhafte Sie wegen des Verdachts, Herrn August Pretzky getötet zu haben. Ziehen Sie bitte bequeme Kleidung an und nehmen Sie Ersatzwäsche mit. Denn Sie werden möglicherweise länger, als Sie vermuten, nicht hierher zurückkehren können.»

Im Besprechungsraum der Kripo herrschte Trubel. Kriminalrat Friedhelm Keunitz stand am Fenster. Er war wie immer bis zu den Schuhen, die er stets bei Leiser in der Neuköllner Grenzallee erstand, akkurat gekleidet. Otto Kappe, der sich zu Keunitz gesellte, kannte die Geschichte von den Slippern seines Kollegen vom Hörensagen. Als der damalige Vizepräsident der Vereinigten Staaten Lyndon B. Johnson im August 1961, kurz nach Beginn des Mauerbaus, Berlin besuchte, fielen ihm die bequemen Slipper an Brandts Füßen auf. Keunitz habe, so wurde gemunkelt, dafür gesorgt, dass Johnsons Mitarbeiter an einem Sonntag bei Leiser solche Treter für ihren Chef kaufen konnten. Größe zehneinhalb, Farbe Schwarz. Seit jenem Tag trage auch Keunitz solche Schuhe, hieß es.

Als Keunitz Kappe neben sich bemerkte, sagte er: «Es hört überhaupt nicht mehr auf zu regnen. Das wird mir unheimlich. Meine Frau und ich, wir wollten Anfang des Jahres eigentlich nach Florenz. Wir schätzen die Toskana und Florenz ganz besonders, müssen Sie wissen. Aber nun ist die Stadt zerstört – Unwetter, Regen, Überschwemmung.»

Kappe hatte in den Fernsehnachrichten die Fluten gesehen, die in Italien Städte und Dörfer verwüstet hatten. Ein gewaltiges Tief hatte kalte Luftmassen in die Länder am westlichen Rand des Mittelmeeres gedrückt. Dort war der kalte Sturm auf den heißen afrikanischen Schirokko geprallt. In der Folge hatte sich ein schreckliches Unwetter über Italien gebildet. Fünfzig Stunden lang hatte es heftig geregnet.

Keunitz riss Kappe aus seinen Gedanken. «Passen Sie auf, die Stimmung droht umzuschlagen. Es wird Zeit, die ganze Geschichte zu Ende zu bringen.»

Kappe bemerkte, dass der Druck der vergangenen sieben Tage seine Wirkung bei den Mitgliedern der Gruppe zeigte. Ludwig Bredow ausgenommen, bot niemand mehr seinem Sitznachbarn bei Besprechungen Kaffee oder Zigaretten an. Jeder war mit sich selbst beschäftigt.

In der Berliner Polizei gingen die Meinungen über die Arbeit der Gruppe auseinander. Manche Kollegen äußerten sich nicht gerade freundlich über sie. Die Stimmung war angespannt.

Günter Kynast berichtete, dass in der Wohnung der Professorin eine Namensliste gefunden worden war. «Was es mit diesen Namen auf sich hat, wissen wir nicht. Aber vielleicht kann jemand von Ihnen etwas damit anfangen.» Er las die Liste vor.

Allgemeines Kopfschütteln. Nur Eduard Strattmann hatte eine Idee. «Ich tippe darauf, dass das Mitglieder der Reserve sind. Die fliegen alle achtkantig raus, wenn sich eine Verbindung zu der Frau Rathstein herausstellt», sagte er grimmig.

«Gemach, Herr Kollege!», antwortete Keunitz. «Wir werden das überprüfen.»

«Hat sich der dubiose Vorgang in der Funkzentrale aufklären lassen?», fragte Kappe und schaute Gerhard Piossek an.

«Die Kollegen in der Funkzentrale haben die Angelegenheit nach der Intervention des Herrn Kriminalrat ganz rasch aufklären können. Allerdings klingt es fast unglaublich ...» Piossek hob hilflos die Hände. «Der Mann, der die Meldungen durchgegeben hat,

wurde ausfindig gemacht. Er ist 23 Jahre alt, arbeitet beim Veterinäramt der Stadt und gehört der Polizei-Reserve an. Er gilt als …
etwas flatterhaft. Auf die Frage, warum er zweimal einen derartigen Unsinn durchgegeben habe, sagte er, es sei lediglich ein Scherz gewesen und er sei sich über die Tragweite nicht im Klaren gewesen. Die zweite Aufforderung habe er hinterhergeschickt, weil die Kollegen prompt reagiert hätten. Das habe ihm Spaß gemacht.»

«Glauben Sie das?», erkundigte sich Lilli Lenné.

«Nein, ich glaube ihm kein Wort. Das scheint ein ziemlich durchtriebener Bursche zu sein. Aber aus eigenem Antrieb hat er nicht gehandelt, da bin ich sicher. Jemand wird ihn dazu angestiftet haben. Und mein Gefühl sagt mir, dass Frau Rathstein etwas damit zu tun hat. Dazu würde dann auch die Sache mit der Namensliste passen.»

«Gibt es dafür einen Beweis?», fragte Lenné.

«Nein», erwiderte Piossek, «aber der Rathstein traue ich das zu, und sie hat gute Verbindungen zu allerlei Behörden. Doch ich habe noch etwas anderes herausgefunden: Der Kerl aus der Funkzentrale hatte Kontakt zu Hans-Jürgen Bischoff. Sagt euch der Name etwas?»

«Das war ein Student, der vor drei Jahren in seiner Wohnung am Hohenzollerndamm in die Luft geflogen ist, als er eine Bombe bauen wollte», wusste Keunitz. «Der Kerl wollte ein Loch in die Mauer sprengen. Man fand bei ihm einen Haufen Waffen, aber auch ein ‹Deutsches Manifest› mit der Forderung, hier in Berlin müsse die nationale Revolution beginnen. Und der aus der Polizei-Reserve soll ihn gekannt haben?»

Piossek nickte.

«Woher weißt du das?», fragte Kappe.

«Steht in den Akten», antwortete Piossek.

«Dann könnte es tatsächlich eine Verbindung zur Rathstein geben», stimmte Kynast Piossek zu. «Aber haben wir unseren Auftrag nicht eigentlich bereits erfüllt? Voißel unterrichtete uns, dass in Berlin möglicherweise ein Anschlag geplant sei. Wir sind zu dem Schluss gekommen, dass Ehemalige der Kampfgruppe gegen Unmenschlichkeit hinter solchen Plänen stecken könnten. Doch fast alle Personen, die in unseren Fokus gerieten, sind in den letzten Tagen ums Leben gekommen: Pretzky, Wagner, Neumann, Frau Schubert. Perkel wurde festgenommen. Herr Voißel hat uns zudem erzählt, neben alten Rechtsradikalen würden Neonazis nach West-Berlin einreisen. Diesbezüglich konnten wir aber nichts herausfinden. Nur dieser junge Komplize von Wagner könnte einer gewesen sein. Und wenn wir davon ausgehen, dass er der Sohn der Rathstein ist, könnte er über sie Kontakt zu Pretzky, vielleicht auch zu Wagner bekommen haben. Bleibt eigentlich nur noch Frau Rathstein — und die wird uns über kurz oder lang auch ins Netz gehen. Dass die selbst einen Anschlag verübt, erscheint mir unwahrscheinlich. Abgesehen davon, heißt es, dass Willy Brandt, der als wahrscheinlichstes Ziel eines Attentats gelten muss, so gut wie gar nicht mehr in der Stadt sei. Heute hat er einen seiner letzten offiziellen Termine: beim sowjetischen Botschafter Abrassimow in Ost-Berlin. Dass ihm dort etwas zustößt, können wir ausschließen, wenn wir die Ausführungen von Herrn Voißel ernst nehmen. Können Sie mir in alledem zustimmen? Dann ist unsere Aufgabe erledigt.»

Alle schwiegen. Strattmann machte ein griesgrämiges Gesicht. Keunitz schaute Kynast zweifelnd an. Bredow hatte sich tief in seinen Stuhl sinken lassen und schaute dem Rauch seiner Zigarette hinterher.

«Im Grunde genommen», schloss Kynast, «können wir unseren Abschlussbericht schreiben und ab kommender Woche wieder unserer regulären Arbeit nachgehen.»

«Herr Kynast», entgegnete Kappe ruhig, «Sie haben im Großen und Ganzen nicht unrecht. Aber geklärt ist noch nicht, wer Frau Schubert umgebracht hat. Wahrscheinlich waren es Pretzky und der vermutliche Sohn der Rathstein. Allerdings gehe ich davon aus, dass wir das nach dem Tod beider nicht mehr aufklären können. Dasselbe gilt für den Mord an Axel Neumann, den vermutlich ebenfalls diese beiden oder aber Wagner verübt haben. Nur im Fall Pretzky haben wir einen geständigen Täter. Außerdem ist leider völlig unklar, was für eine Rolle Frau Rathstein spielt. Das ist insgesamt keine zufriedenstellende Situation. Wir sollten weiter ermitteln, auch wenn es so aussieht, dass wir nicht alles lückenlos aufklären können.» Kappe zögerte, dann fragte er: «Was meinen Sie, Herr Kriminalrat?»

«Da gebe ich Ihnen recht», antwortete Keunitz.

«Ich schlage vor, dass wir für heute Schluss machen und uns morgen früh wieder hier treffen», erklärte Kappe. «Es gibt ja eine Menge Papierkram zu erledigen.»

Auf dem Weg in den Feierabend wurde Kappe von Strattmann abgepasst. Er erzählte, er habe soeben erfahren, dass Brandt am kommenden Freitag ein letztes Mal vor seinem Wechsel in die Bundespolitik in der Deutschlandhalle sprechen werde.

«Warum erfahren wir das erst jetzt?», monierte Kappe.

«Weil im Senat zur Zeit alles drunter und drüber geht», antwortete Strattmann. «Die linke Hand weiß derzeit offensichtlich nicht, was die rechte tut. Nun aber das Wichtigste: Brandt will, dass unsere gesamte Gruppe seinen Schutz bei dieser Veranstaltung übernimmt.»

«Die gesamte Gruppe?»

«Brandts Leute betrachten das als Auszeichnung für uns. Ich habe denen gesagt, dass du von solchen Ehrenzeichen nicht viel hältst. Aber es ist entschieden. Ich gehe also davon aus, dass neben uns beiden Lenné, Galgenberg und Bredow dabei sind.»

Kappe passte überhaupt nicht, dass offenbar SPD-intern über eine Aufgabe für ihn entschieden worden war. Aber er wollte sich nicht querstellen und entgegnete: «Das kriegen wir hin. Aber kannst du mir erklären, warum Brandt nach drüben gefahren ist, um diesen Abrassimow zu treffen?»

Strattmann betrachtete Kappe einige Sekunden und antwortete schließlich: «Dieser Kontakt besteht schon länger. Im Spätsommer 1962 begann Marschall Konjew, der damalige sowjetische Oberbefehlshaber, rund um Berlin Panzer und motorisierte Infanterie zusammenzuziehen. Eine massive Drohung gegen West-Berlin. 150000 Mann gegen 11000 Soldaten der Westalliierten. Ein neuer Krieg war damals zum Greifen nahe.»

«Davon habe ich noch nie gehört. Was war da los?»

«Die Russen waren aufs Äußerste gereizt. Sie wollten – als Antwort auf die Stationierung amerikanischer Raketen in der Türkei – Mittelstreckenraketen auf Kuba aufstellen, also vor der Haustür der USA. Kennedy sperrte daraufhin die See vor Kuba für russische Schiffe. Aus der Kubakrise drohte ein Atomkrieg zu werden. Konjews Aufmarsch war eine Reaktion. Eine extrem gefährliche Reaktion. In dieser bedrohlichen Lage wurden auch in Berlin Gespräche gesucht.»

Zu Hause angekommen, freute sich Otto Kappe, dass Sohn Peter überraschend zu Besuch gekommen war. Der saß in der Küche, futterte Stullen, trank Schultheiss und beantwortete geduldig die neugierigen Fragen seiner Mutter. Neben seinem Teller lagen eine Packung Halfzware Shag und eine Zigarettenrollbox. Otto Kappe wurde freundlich begrüßt, legte Mantel und Sakko ab, befreite sich von der Krawatte, öffnete den obersten Hemdknopf, setzte sich zu den beiden und ließ sich von Gertrud ein Schultheiss reichen. Er nahm die Rollbox in die Hand. «Sind Selbstgedrehte bei euch in Mode?», fragte er den Sohn.

«Sind billiger als die aus der Fabrik», antwortete der. «Kennst du diese Maschinen?»

«Natürlich. Die waren früher bei den Arbeitern gang und gäbe. Tabak in die Schlaufe, Papier anlecken, einfädeln, Klappe zu, fertig war die Lulle. Was gibt es denn sonst Neues?»

«Mir wurde heiß und kalt zugleich, als ich dieser Tage deine Stimme im RIAS hörte», sagte der Sohn.

«Ach, haben die einen Ausschnitt aus der Pressekonferenz mit Günther Niederzier gebracht?»

«Ja. Am besten fand ich, wie du die Frage nach dem Osten

abgeblockt hast, indem du einfach gesagt hast: ‹Nächste Frage!›
Werdet ihr für so was eigens geschult?»

«Nein, das macht die Erfahrung. Bleibst du über Nacht hier?»
Ab und an übernachtete Peter noch bei seinen Eltern, um bis tief
in die Nacht mit seiner Mutter über Gott und die Welt reden zu
können. Zu Gertrud hatte Peter ein vertrauteres und innigeres Ver-
hältnis als zu ihm, das wusste Otto.

«Das habe ich vor», sagte Peter.

So begann nach den Mühen des Tages ein Abend, an dem
Oberkommissar Otto Kappe mal an etwas anderes als Attentats-
pläne denken konnte.

NEUN
Donnerstag, 24. November 1966

MITTEN IN DER NACHT wachte Otto Kappe auf. Er lag einige Zeit mit offenen Augen da und starrte in die Dunkelheit, bevor er behutsam aufstand, bemüht, seine Frau nicht zu wecken. Er ging in die Küche und bereitete sich einen Kaffee zu. Gertrud pflegte stets den der Marke Vox zu kaufen. Während Otto den bereits gemahlenen Kaffee aus der viereckigen goldfarbenen Dose mit dem roten Aufdruck in den Filter löffelte, dachte er darüber nach, dass die Hersteller Vox und Ronning in West-Berlin ein eigenes Werk hochzogen. Den Bau solcher Fabriken ließ sich der Senat einiges kosten. Nachdem Hunderttausende wegen des Mauerbaus in den Westen abgewandert waren, versuchte die Stadt, Menschen mit neugeschaffenen Arbeitsplätzen wieder zurückzulocken.

Mit der Tasse in der Hand saß Otto am Küchentisch und dachte nach. Dass er Perkel hatte verhaften können, war der einzige richtige Erfolg während der letzten Woche gewesen. Sie hatten gute Ermittlungsansätze vorweisen können, aber zu oft waren sie zu spät gekommen. Welche Erkenntnisse konnten weitere Ermittlungen jetzt noch erbringen? War Perkel in die Planung eines Attentats involviert gewesen?

Otto legte einen besonderen Ehrgeiz an den Tag, wenn es darum ging, aus einer Vielzahl von Hinweisen die wesentlichen herauszufiltern und zu einem Bild zusammenzufügen. Allen Kollegen hörte er stets genauestens zu, um ihre Ergebnisse bei der Rekonstruktion des Tathergangs zu berücksichtigen. Zudem hatte er mit der Zeit ein besonderes Gespür für Tatmotive entwickelt. Doch bei dem gegenwärtigen Fall schien er im Dunkeln zu tappen.

Sein kriminalistischer Instinkt ließ ihn im Stich. Noch immer wussten sie nicht, was es mit den möglichen Anschlagsplänen auf sich hatte und wer hinter den Leuten stand, die in den letzten Tagen ums Leben gekommen oder gefasst worden waren. Gab es diese Hintermänner überhaupt? Cousin Karl-Heinz hatte sich nicht mit Informationen gemeldet, und auch die Kontakte aus dem Rotlichtmilieu und der Einbrecherszene hatten sie nicht weitergebracht. Kynast hatte alle verdächtigen Wohnungen beobachten lassen – nichts. Die Freiwillige Polizei-Reserve war ein Problem. Aber angesichts der immer stärker aufbegehrenden linken Studenten wollte niemand in der Polizeiführung auf sie verzichten.

«Was machst du denn hier mitten in der Nacht?» Peter stand im Schlafanzug in der Küchentür.

«Ich konnte nicht schlafen, weil mir so viel durch den Kopf ging. Deshalb habe ich mir einen Kaffee gekocht.»

«Hast du auch noch eine Tasse für mich?»

«Natürlich.»

Als Peter schließlich den Kaffee vor sich stehen hatte, fragte er: «Was ist los?»

«Die Herren im Schöneberger Rathaus meinen, sie würden uns eine Ehre erweisen, indem sie uns die Aufgabe erteilen, Willy Brandt morgen in der Deutschlandhalle zu bewachen.»

«Das ist doch wirklich eine Ehre! Den würde ich auch gern mal aus der Nähe erleben. Willy Brandt ist selbst für uns Linke ein Idol. Was macht der denn in der Deutschlandhalle?»

«Er wird eine Rede halten, über Berlin und warum er nach Bonn geht und Minister in der Bundesregierung werden will.»

«Und deswegen machst du dir Sorgen?»

«Nee, das schaffen wir schon. Aber mir gehen andere Dinge nicht aus dem Kopf.»

Kurz entschlossen erzählte er seinem Sohn in groben Zügen von dem aktuellen Fall und dem Stand der Ermittlungen. Er vertraute Peter an, dass er oft das Gefühl habe, einige im Polizeiapparat misstrauten ihm oder hielten ihn für dumm, weil seine

Gruppe wiederholt einen Mord nicht hatte verhindern können. «Und manchmal komme ich mir vor, als würde ich bis zu den Knien im Sumpf stecken.»

«Sumpf?», fragte Peter. «Ein Sumpf aus rechten Kreisen und Sicherheitskräften?» Er schaute seinen Vater skeptisch an. «Eure Aufgabe als Polizei kann doch nicht sein, rechtes Gedankengut in Deutschland auszurotten. Die Rechten sind integraler Bestandteil des gesellschaftlichen Systems.»

«Peter, das ist mir zu allgemein, und es stimmt auch nicht», erwiderte Otto energisch, aber mit gedämpfter Stimme, da er Gertrud nicht wecken wollte.

«So, meinst du? Im Juli haben Neonazis einen Brandanschlag auf das neue jüdische Gemeindehaus in der Fasanenstraße verübt. Zum Glück ist nicht viel passiert. Aber gefasst habt ihr die Täter nicht. Wenn wir aber diskutieren, was wir gegen den Krieg der Amis in Vietnam tun können, dann werden wir als Staatsfeinde gebrandmarkt. Du und deine Kollegen von der Kripo, ihr wisst doch gar nicht, wie gefährlich die Nazis schon wieder geworden sind für unsere Demokratie. Dass die Alliierten rechte Parteitage in Berlin verboten haben, ändert nichts daran, dass die rechten Antidemokraten bereits wieder erheblichen Zulauf haben.» Er überlegte. «Vielleicht haben sie sich einfach aus West-Berlin zurückgezogen, weil ihnen klargeworden ist, dass sie hier unter besonderer Beobachtung stehen.»

«Das ist gut möglich», erwiderte Otto. «Das würde erklären, warum wir niemanden zu packen kriegen.»

Sie tranken wortlos ihren Kaffee aus, und Otto löschte das Licht, nachdem sein Sohn wieder ins Bett gegangen war. Auch er wollte sich noch einige Stunden aufs Ohr legen.

Um halb neun betrat Otto Kappe das braungraue Gebäude in der Gothaer Straße. Frieda Kessel stellte ihm eine Tasse Kaffee auf den Tisch und wünschte ihm einen Guten Morgen, während er die tägliche Ereignismeldung des Polizeipräsidiums las. Auf den Interzonenstrecken habe es keine Störungen gegeben, und eine Versorgungskolonne der britischen Armee habe ohne jegliche Probleme Dreilinden erreicht, hieß es. Auch an der Mauer habe es keine Zwischenfälle gegeben, und die Grenzsoldaten der DDR zeigten keine besonderen Aktivitäten.

Kappe fiel auf, dass statt des üblichen Kürzels SBZ – für sowjetisch besetzte Zone – in offiziellen Schriftstücken nun hin und wieder das Kürzel DDR benutzt wurde, allerdings in Anführungszeichen. Er murrte.

Nachdem er seine Lektüre beendet hatte, ging er für einen kurzen Informationsaustausch zu Kripochef Günther Niederzier. Gegen neun Uhr stand Kappe schließlich vor seiner Ermittlergruppe im Besprechungsraum. «Sind die Kollegen von der Spurensicherung in der Wohnung in der Pohlstraße auf irgendetwas gestoßen, das für uns von Interesse ist?», fragte er seine Kollegen.

«Auf nichts Bedeutendes», antwortete Lilli Lenné. «Die Wohnung wurde vor zwei Monaten von einem Mann angemietet. Die Beschreibung des Vermieters passt auf Pretzky. Man fand dort auch dessen Fingerabdrücke, außerdem die von Wagner und seines jungen Komplizen. Die Schränke sind weitgehend leer, bis auf einige Kleidungsstücke, die keinem der Männer zuzuordnen sind. Die Küche macht einen weithin unbenutzten Eindruck. Die drei Männer waren wohl nur gelegentlich in dieser Wohnung.»

Kappe bedankte sich. «Heute werden einige Kollegen bei Taxiständen, Trinkbuden und Hotels mithilfe eines Fotos der Rathstein nach deren Verbleib forschen. Wir müssen endlich herausfinden, wo die Dame steckt. Wir selbst werden uns das gesamte Areal entlang der Kurfürstenstraße und Budapester Straße bis hinunter zum Bayerischen Platz vornehmen.»

«Also entlang der Trennungslinie zwischen britischem und amerikanischem Sektor?», fragte Gerhard Piossek.

«Genau», erwiderte Kappe. «Das ist kein riesiges Gebiet, das ist machbar. Gibt es noch irgendwas Erwähnenswertes?»

«Es gibt eine Beobachtung aus der vergangenen Woche, von

der ich erst jetzt erfahren habe, weil Kollegen die mögliche Brisanz nicht erkannt haben», meldete sich sofort Ludwig Bredow zu Wort. «Vergangenen Freitag ist einem alten Kollegen von mir durch Zufall aufgefallen, dass sich irgendwelche dubiosen Gestalten vor dem Haus von Heinrich Albertz in der Matterhornstraße in Schlachtensee herumgetrieben haben.»

Kappe war wie elektrisiert. Innensenator Albertz sollte nach dem Rücktritt von Willy Brandt zu dessen Nachfolger als Regierender Bürgermeister werden.

«Der Kollege beobachtete, wie am vergangenen Freitag ein schwarzer Mercedes auffallend langsam an Albertz' Haus vorbeigefahren ist. Darin saßen zwei Männer, die sich das Gebäude genauestens anguckten. Er stutzte, weil ihm das verdächtig vorkam. Er hat aber erst etwas unternommen, als das Auto nach einigen Minuten erneut die Straße entlangfuhr und diesmal sogar anhielt. Er ist auf den Wagen zugegangen und wollte die Männer ansprechen. Daraufhin sei der Mercedes sofort losgefahren und in einem Affentempo in Richtung Mexikoplatz gerast, erzählte er. Diesen Vorfall und das Autokennzeichen hat er dann seinem Revier gemeldet.»

«Warum ist die Meldung hängengeblieben?», wollte Eduard Strattmann wissen.

«Das konnte der Kollege mir nicht sagen.»

«Eduard, kannst du herausfinden, warum diese Meldung nicht weitergegeben wurde?», fragte Kappe.

«Mach ich.»

«Da ist noch etwas …» Kappe blickte in die Runde. «Wir wurden gebeten, am Freitagnachmittag die Bewachung Willy Brandts in der Deutschlandhalle zu übernehmen. Dort spricht der Regierende zu den Berlinern, erklärt ihnen, warum er in die Bundespolitik wechseln wird. Er wird am 1. Dezember vom Amt des Bürgermeisters zurücktreten. In seinem Büro hält man diesen Einsatz für eine Auszeichnung für uns. Also, wer macht mit?»

«Ich bin dabei», sagte Gerhard Piossek. «Vielleicht ist es die letzte Gelegenheit, Willy Brandt hautnah zu erleben.»

Ludwig Bredow hob die Hand als Zeichen seines Einverständnisses, Lilli Lenné nickte. Günter Kynast und Hans-Gert Galgenberg aber winkten ab.

«Mit Strattmann sind wir also am Freitag zu fünft», fuhr Kappe fort. «Das reicht. Strattmann wird dafür sorgen, dass wir eingewiesen und zur Deutschlandhalle gebracht werden.»

Kappe kannte die Halle, weil er sich dort zusammen mit Sohn Peter Boxkämpfe angeschaut hatte, zuletzt im Mai, als der Kölner Mittelgewichtler Jupp Elze, der neue Star am Boxerhimmel, gegen den Italiener Nino Benvenuti in der vierzehnten Runde durch technischen K.o. verloren hatte. Die Halle war zwar riesig – so riesig, dass sie Weltstars wie Louis Armstrong angelockt hatte –, aber sie ließ sich gut kontrollieren. Die Fläche vor dem Haupteingang war überschaubar, sie ließ keine Überraschungen zu. Brandt würde am Freitag ruckzuck vom Hauptquartier seiner Partei in der Müllerstraße dorthin kutschiert werden. Und nach der Veranstaltung würde er nach Hause gefahren werden. Wo das genau war, wusste Kappe nicht, ihm war lediglich bekannt, dass der Politiker in einer ursprünglich für Marineoffiziere erbauten Siedlung wohnte.

Als er in sein Dienstzimmer zurückkehrte, sagte Frieda Kessel: «Sie haben Besuch.»

«Na so was!» Neugierig öffnete er die Tür zu seinem Büro.

Greg Foggerty saß wie selbstverständlich auf dem Besucherstuhl, hatte die Beine übereinandergeschlagen und schrieb etwas in sein Notizbuch. In seinem anthrazitfarbenen Anzug, dem weißen Hemd und der dreifarbig gestreiften Krawatte sah er aus wie ein Notar. Ein schwarzer Hut lag auf Kappes Schreibtisch. Es schien beinahe so, als wäre es der elegante CIA-Mann gewohnt, in muffigen deutschen Beamtenzimmern zu warten.

«Guten Tag, Herr Foggerty!», begrüßte Kappe ihn wenig begeistert.

«Guten Tag, Herr Kommissar!», erwiderte der Besucher. «So schnell sehen wir uns wieder! Ich hatte eigentlich damit gerechnet, dass Sie sich mal bei mir melden, aber anscheinend hatten Sie ja einiges um die Ohren. Kommen Sie voran?»

Kappe berichtete kurz von den Ereignissen der vergangenen Tage und gab eine kurze Einschätzung der Lage ab, um letztendlich anzukündigen, dass man die Ermittlungen vermutlich bald einstellen werde.

«Das trifft sich ganz gut», bemerkte Foggerty. «Denn ich muss Ihnen mitteilen, dass meine Chefs entschieden haben, dass wir ab der nächsten Woche nach dem Gesetz Nummer 7 der Alliierten Kommandantur vom 17. März 1950 vorgehen werden.»

Kappe war bekannt, dass die alliierten Mächte 1950 beschlossen hatten, den Deutschen etwaige Ermittlungen und Gerichtsverfahren aus der Hand nehmen zu können, um selbst aktiv zu werden. Ausführlich begründen mussten sie das nicht. Damit war seine Ermittlungsgruppe aus dem Rennen. Abgesehen von ihrer Aufgabe in der Deutschlandhalle, ging es jetzt nur noch darum, ihre Ermittlungsakten an die Vertreter der Westalliierten zu übergeben.

«Wollen Sie den Berlinern mal richtig zeigen, wer hier das Sagen hat?»

«Das wäre unnötig, Herr Kappe. Wir sehen zwar, dass Sie das Ihrige getan haben, die ganze Angelegenheit ordentlich zu Ende zu bringen – aber es bleibt ein Restrisiko. Das stört uns. Wir wollen jegliche Gefahr ausschalten.»

Kappe dachte nach. «Ich nehme an, dass Ihre eigenen Ermittlungsergebnisse einem West-Berliner Gericht vorgelegt werden. Das wird dann gewiss auch die Unterlagen der Kripo in seine Entscheidungen einfließen lassen.»

Foggerty schüttelte den Kopf. «Nein, wir werden den US Court for Berlin zusammenrufen, wenn es so weit ist.»

«Aber der ist seit 1955 noch nie einberufen worden!», sagte Kappe verblüfft.

167

«Das stimmt, aber einmal ist immer das erste Mal», entgegnete Foggerty.

«Wissen Herr Niederzier und der Herr Innensenator über Ihre Absichten Bescheid?»

«Selbstverständlich.» Foggerty erhob sich und setzte seinen Hut auf. «Bemühen Sie sich nicht», sagte er, als Kappe Anstalten machte, ihn zur Tür zu begleiten. «Ich komme schon zurecht.»

Freunde werden wir nicht mehr, dachte Kappe, als der Amerikaner verschwunden war. «Ich bin mal rasch bei Herrn Niederzier», erklärte er Frau Kessel, die an der Schreibmaschine saß. «Wenn Strattmann da ist, soll er sofort dazustoßen.»

Auf dem Weg zum Kripochef machte Kappe einen Abstecher zu den Toiletten, um sich kaltes Wasser ins Gesicht zu spritzen und über die Hände laufen zu lassen. Er war müde und befürchtete, nicht konzentriert genug zu sein. Die ständige Anspannung der letzten acht Tage forderte ihren Tribut.

Als er das Vorzimmer des Kripochefs betrat, winkte ihn dessen Sekretärin durch. «Sie können eintreten.»

Zu seiner Überraschung fand Kappe Strattmann bereits im Gespräch mit Niederzier und Kriminalrat Keunitz.

Niederzier ließ Kappe gar nicht erst zu Wort kommen. «Ich weiß Bescheid: Die Amis übernehmen. Mir soll es recht sein. Wir schließen ab.»

Keunitz entging Kappes Verblüffung nicht. «Solch ein Vorgang, Herr Kappe, spricht sich rascher herum, als Sie glauben.»

Niederzier blickte Kappe an. «Alles in Ordnung, Herr Kollege?»

«Nee», sagte der, «in Ordnung ist gar nichts. Ich habe eher ein Gefühl wie Bubi Scholz nach dem zweiten Niederschlag. Natürlich müssen wir den Beschluss der Amerikaner akzeptieren. Aber Foggerty hin oder her, wir sollten uns die losen Fäden der Geschichte noch mal anschauen.»

Niederzier zuckte mit den Achseln. Auch keiner der beiden anderen widersprach.

Gegen Mittag liefen Rückmeldungen von Polizisten ein, die nach Frau Professor Rathstein geforscht hatten. Zumindest dies sollte nach Meinung von Otto Kappe noch zu Ende gebracht werden.

Jemand meinte, sie in der Potsdamer Straße gesehen zu haben, als sie vor einem Geschäft aus einem Auto gestiegen war. Ein Angestellter der U-Bahn wollte sie am Nollendorfplatz erblickt haben. Eine Passantin sagte aus, Frau Rathstein sei ihr an der Ecke Motzstraße / Prager Straße entgegengekommen. Aber wo sie mittlerweile abgeblieben war, vermochte niemand zu sagen.

Eduard Strattmann hatte unterdessen verbissen versucht herauszufinden, warum die Meldung, die sich auf das Haus von Heinrich Albertz bezog, die Ermittlungsgruppe nicht erreicht hatte – allerdings ergebnislos. Irgendwo musste sie verloren gegangen sein. Er war sichtlich ungehalten, als er Kappe darüber berichtete.

Kappe ließ sich schließlich mit dem Polizisten des Reviers in der Friesenstraße verbinden, der mit einer Frau gesprochen hatte, die Professorin Rathstein in der Potsdamer Straße gesehen haben wollte. Der bestätigte, die Zeugin habe ausgesagt, dass sie, kurz nachdem ein Polizist das Foto der Rathstein herumgezeigt hatte, eine Frau gesehen hatte, die der Professorin sehr ähnelte. Mit Gewissheit habe sie aber nicht sagen können, dass es sich bei dieser Person um Frau Rathstein gehandelt hatte.

Nach einigen vergeblichen Versuchen erreichte Kappe auch den Angestellten der U-Bahn. Der war sich ganz sicher. «Das Foto hat mir mein Bruder gezeigt, der fährt Streife. Ich habe ein sehr gutes Personengedächtnis.»

«Was haben Sie beobachtet?»

«Die Frau ist mir heute Vormittag aufgefallen, weil sie ganz in Schwarz gekleidet war. Sie sah aus, als käme sie von einer Beerdigung. Das war die Frau vom Foto, hundertprozentig!»

Nachdem sich die dritte Zeugenaussage zu Frau Rathstein als unergiebig erwiesen hatte, rief Kappe Gerhard Piossek an. «Weiß man inzwischen Sicheres über den in der Pohlstraße erschossenen Komplizen von Wagner? Hat sich der Verdacht bestätigt, dass es sich um den Sohn von Frau Rathstein handelt?»

«Das wollte ich dir eigentlich schon vorhin sagen, aber du warst bei Niederzier. Nach den Fotos zu urteilen, die wir bei der Durchsuchung ihrer Wohnung gefunden haben, ist er es.»

Kappe berichtete ihm, dass Frau Rathstein heute in Trauerkleidung gesehen wurde. «Das spricht auch für diese These. Wenn sie um ihren Sohn trauert, der bei einem Polizeieinsatz ums Leben kam, dann könnte sie jetzt erst recht gefährlich werden. Wir sollten darauf gefasst sein, dass sie eine Rachetat plant – möglicherweise sogar bei der Veranstaltung in der Deutschlandhalle.»

Danach kam Hans-Gert Galgenberg herein. Er teilte Kappe mit, dass die Spurensicherung in Perkels Wohnung Fingerabdrücke der Rathstein gefunden habe. Dass die Amerikaner das Ruder übernehmen wollten, hatte sich in der Ermittlergruppe schon herumgesprochen, so fragte Galgenberg den Kollegen dann auch: «Biste sehr enttäuscht, weil die Amis nu det Sagen ham?»

«Nein, ich bin nicht enttäuscht, sondern erleichtert. So kommen wir alle ohne Blessuren aus der Geschichte heraus. Trotzdem sollten wir einige offene Fragen noch selbst zu klären versuchen. Ich will noch mal mit Perkel reden, der lässt mir keine Ruhe.»

Während der Zeit des Nationalsozialismus war das Gefängnis in Moabit ein Ort der Unmenschlichkeit gewesen. Hier waren Regimegegner gequält und getötet worden. Doch die jüngeren Bewohner Berlins dachten selten an diese Ära, wenn sie das Gefängnis sahen. In den Fünfzigerjahren waren die alten Gebäude weitgehend abgerissen und durch neue ersetzt worden.

Wenn Otto Kappe das Gefängnis betrat, überkam ihn indes stets ein Gefühl des Grauens – so als seien die schrecklichen Morde der NS-Zeit erst gestern geschehen. Er hatte der guten Ordnung wegen den Staatsanwalt, der die Anklage gegen Siegfried Perkel vorbereitete, über sein Vorhaben, diesen in Moabit aufzusuchen, informiert. Der hatte ihm am Telefon schweigend zugehört und dann gesagt: «Holen Sie raus, was Sie rausholen können. Mir soll es recht sein.»

«Hat er schon einen Anwalt?», hatte Kappe sich erkundigt.

«Meines Wissens noch nicht», hatte der Staatsanwalt geantwortet.

Nun schaute der Kriminaloberkommissar durch den Türspion in Perkels Zelle. Der Häftling zog sich in die hinterste Ecke des kleinen Raums zurück, kaum dass er einen Laut an der Tür vernahm. Wie ein Krebs, der sich in seiner Höhle versteckt, dachte Kappe. Der Mann machte einen elenden Eindruck. Obwohl groß und kräftig, wirkte er eingeschüchtert. Von seinem übersteigerten Selbstbewusstsein war offenkundig nichts mehr übrig.

Ein Wärter führte Perkel in den Vernehmungsraum, ein Zimmer ohne Fenster, nur mit einem blanken Metalltisch und zwei Stühlen ausgestattet. Der Senatsdirektor roch nach Schweiß, die Wollhose war ihm zu groß und rutschte, die Schlappen waren ausgetreten.

Kappe ließ dem Inhaftierten die Handschellen abnehmen und forderte ihn mit einer Handbewegung auf, ihm gegenüber Platz zu nehmen. «Waren Sie früher schon einmal im Gefängnis, Herr Perkel?»

«Nein.» Perkel schwitzte, über seine Stirn rannen Schweißperlen.

«Alte Geschichten interessieren mich auch nicht, Herr Perkel. Sie haben jetzt die Möglichkeit, Ihre Situation durch eine rückhaltlose Aussage zu verbessern.»

Perkel blickte ihn aus blutunterlaufenen Augen an.

«Ich möchte von Ihnen wissen, was Sie über Anschlagspläne in Berlin gehört haben. Waren Sie an solchen Plänen beteiligt?»

«Nein.»

«Aber Sie wissen von solchen Plänen?»

Perkel stützte die Unterarme auf den Tisch und verdeckte sein Gesicht mit den Händen. «Sie verstehen das nicht, Herr

Kommissar. Bis weit in die Fünfzigerjahre hinein wurden wir wie Helden gefeiert, weil wir den Kommunisten Paroli geboten haben ...»

«Das haben Sie bereits in epischer Breite erzählt. Sagen Sie mir etwas Neues!»

«Vor etwa einem halben Jahr hörte ich, dass gewisse Leute den Kontakt zu Ehemaligen der Kampfgruppe suchen würden.»

«Wer hat Ihnen das mitgeteilt?»

«Frau Rathstein kam eines Tages zu mir und erklärte, man müsse die Sozis stoppen, weil die sich mit den Kommunisten verständigen wollten. Ich habe gesagt, dieses Thema interessiere mich nicht. Sie warf mir vor, unsere Ideale zu verraten. Ich hörte, Neumann wurde ebenfalls von ihr gefragt, und er hat genauso reagiert wie ich. Ich kann mir vorstellen, dass sie auch weitere Ehemalige kontaktiert hat. Aber so viele sind wir ja nicht mehr.» Perkel schwieg.

«Erzählen Sie weiter!»

«Dann klopfte dieser Maischonnek bei mir an und meinte, wir müssten miteinander sprechen. Er redete von linken Studenten, die uns an die Russen ausliefern wollten. Jetzt müsse gehandelt werden! Ich habe ihm erklärt, er sei offenbar mit dem Klammerbeutel gepudert. Ich wurde allerdings nicht ganz schlau aus ihm. Wollte er mich dazu bringen, politisch gegen die Sozialdemokraten aktiv zu werden? Wollte er mich aushorchen? Er erzählte noch, es sei Kontakt zu einigen Gruppen aufgenommen worden, die Fluchttunnel graben.»

«Das ist aber nicht alles.»

«Nein, danach ging es erst richtig los. Gerhild rief mich erneut an und drohte, dass ich wahrscheinlich weniger höflichen Besuch erhalten würde.»

«Wagner?»

«Richtig.»

«Was wollte er?»

«Was alle wollen: Geld. Offenbar hatten sie nicht genügend

172

Mittel, um ihre Wohnungen, Autos et cetera zu finanzieren.» Perkel ließ den Kopf hängen und redete nach einem Moment weiter. «Während ich mit Wagner sprach, rief Gerhild Rathstein an, erzählte mir von dem bewussten Foto und dem Gespräch, das Sie mit ihr geführt haben. Sie sagte, dass man meine materielle Hilfe dringend benötige und dass ich vorsichtig sein solle.»

«Was passierte dann?»

«Ich habe den Wagner rausgeschmissen. Es dauerte aber nicht lange, bis Pretzky an meiner Haustür klingelte und massiv wurde. Er drängte sich in meine Wohnung und drohte mir an, mich im Grunewald zur endgültigen Ruhe zu betten. Aber einschüchtern lasse ich mich nicht. Ich erwiderte, er sei ein Großmaul. Daraufhin begann er zu schäumen. Es werde mir wie der Schubert und dem Neumann ergehen. Als ich ihm entgegnete, die Traute habe er ja doch nicht, sagte er, Wagner und der junge Rathstein hätten die Schubert erledigt, weil die zu viel gewusst habe, und er habe zusammen mit Wagner Neumann eliminiert, weil er sie auch nicht unterstützen wollte. Den Rest kennen Sie.»

Kappe notierte Perkels Aussage. «Sind Sie bereit, das vor Gericht zu wiederholen?»

«Ja.»

Kappe stand auf und schritt in dem kleinen Raum auf und ab. «Ich versuche immer noch zu verstehen, wer hinter alldem steht. Was für eine Organisation steckt dahinter?»

«Es gibt keine Organisation.»

«Es muss sie geben. Herr Perkel, Sie verschweigen mir etwas!»

«Ich verschweige nichts. Es gibt in der Bundesrepublik antidemokratische Kreise. Sie entsenden Leute nach West-Berlin, weil sie meinen, in unserer Halbstadt sei die politische Lage so instabil, dass man das demokratische System hier am leichtesten unterminieren kann. Diese Idioten! Die Amis und einige maßgebliche Personen im Staatsschutz haben nichts gegen sie unternommen, weil sie glaubten, man könne sie kontrollieren oder vielleicht sogar für die eigenen Zwecke benutzen.» Perkel wirkte erschöpft.

Er presste seine Hände erneut vor das Gesicht. «Gerhild Rathstein hat nach meiner Ansicht Wagner und Pretzky angeleitet. Irgendetwas hat sie dazu gebracht, die Fäden in die Hand zu nehmen.»

«Kann das durch ihren Sohn initiiert worden sein?»

Perkel dachte nach.

«Wenn ihr Sohn in nationalsozialistische Kreise gelangt ist und aufgefordert wurde, in Berlin einen Politiker umzubringen, dessen Name für die Demokratie steht …»

«Das ist denkbar. Ich habe den Fehler begangen, diese Leute nicht anzuzeigen. Und ich habe aus einer unsäglichen Wut heraus diesen Pretzky erschlagen. Damit habe ich mein Leben zerstört.»

Kappe riet Perkel, sich einen versierten Anwalt zu nehmen, und ließ ihn in seine Zelle zurückbringen. Anschließend fuhr er in die Gothaer Straße, wo er Eduard Strattmann und Gerhard Piossek berichtete, was er von Perkel erfahren hatte.

«Das kommt mir plausibel vor», erklärte Piossek. «Auch die Rolle Maischonneks wird nun deutlich. Der hat das Ganze gedeckt.»

«Das ist alles kaum zu fassen», warf Strattmann ein. «Das wird ein Nachspiel haben, das verspreche ich euch!»

Nach diesem Gespräch schrieb Otto Kappe seinen Tagesbericht, legte ihn in das Ablagefach, knipste das Licht aus und fuhr mit der U-Bahn nach Hause. Zum ersten Mal seit Tagen verspürte er ein Gefühl der Zufriedenheit.

ZEHN
Freitag, 25. November 1966

GERTRUD KAPPE beaufsichtigte am nächsten Morgen die Vorbereitungen ihres Gatten für den bevorstehenden Arbeitstag.

«Personenschützer sind immer unauffällig gekleidet», monierte der Kommissar.

Dennoch konnte Gertrud ihn zum dunkelblauen Anzug überreden, den sie auch noch mit der Kleiderbürste bearbeitete, nachdem Otto das Sakko übergezogen hatte. Zu dem noblen Anzug gehörten selbstverständlich ein weißes Hemd, eine blaurot gestreifte Krawatte sowie ein Paar auf Hochglanz polierter schwarzer Schuhe.

Bevor Otto Kappe die Wohnung verließ, umarmte ihn seine Frau. «Viel Glück!», sagte sie.

Im Amtsgebäude eingetroffen, eilte er zunächst zu Günther Niederzier. Der hatte zwar bereits seinen Bericht gelesen, ließ sich aber trotzdem noch mal persönlich erläutern, was der Kommissar herausgefunden hatte.

«Sehr gute Arbeit!», sagte er. «Das schafft sehr viel Klarheit, vorausgesetzt, Perkel sagt die Wahrheit. Aber nach dem Eindruck, den Sie mir vermittelt haben, müsste er schon reif für einen Oscar sein, wenn er gelogen hat.»

Danach traf Kappe im Besprechungsraum die Kollegen, die sich freiwillig für den Einsatz in der Deutschlandhalle gemeldet hatten. Allesamt waren sie betont fein gekleidet. Kriminalmeisterin Lilli Lennés Haare glänzten, Eduard Strattmann trug einen dunklen Anzug mit dezenten Nadelstreifen.

Kappe berichtete ein drittes Mal von seinem Gespräch mit

Perkel, ohne damit bei seinen Kollegen große Überraschung auszulösen. «Übrigens hat mir Regierungsrat Voißel vor einigen Tagen einen kurzen Brief geschrieben, in welchem er darauf hinwies, wie wichtig der Schutz von Willy Brandt sei. Ich habe den Brief zuerst beiseitegelegt, weil wir noch zu sehr mit unseren Ermittlungen beschäftigt waren. Voißel wies unter anderem darauf hin, dass Konrad Adenauer als Bundeskanzler sage und schreibe vier Leibwächter gehabt habe, die sogar ein eigenes Wächterhäuschen auf seinem Anwesen am Rhein bewohnten.»

Ludwig Bredow zog heftig an seiner Zigarette. «Das war auch nötig. 1952 haben zum Beispiel einige israelische Fanatiker versucht, den Alten mittels einer Briefbombe umzubringen. Dem Adenauer ist nichts passiert. Aber ein Münchner Polizist, der sich mit dem Brief beschäftigte, hat den Zünder versehentlich ausgelöst und ist dabei ums Leben gekommen. Das wurde der Öffentlichkeit damals verschwiegen.» Bredow drückte seinen Zigarettenstummel in einem Aschenbecher aus. Er wirkte wütend. «Einige von Adenauers Leibwächtern hätten wir nicht mal mit der Kneifzange angefasst. Einer von ihnen war der frühere SS-Mann Georg Fischer. Er hat 1954 dem Stellvertreter Adolf Eichmanns, Alois Brunner, seinen Pass in die Hand gedrückt, damit der aus Deutschland entkam. Es gibt Gerüchte, dass Brunner heute in Syrien lebt, und zwar noch immer mit der Identität von Georg Fischer.»

«Woher wissen Sie das alles?», fragte Lilli Lenné.

Bredow schaute sie an. «Das ist eine lange Geschichte. Es würde zu weit führen, sie zu erzählen. Nur so viel: Wenn Sie von den Nazis so malträtiert worden wären wie ich, dann würden Sie auch genauer hingucken, wer von denen heute in unserem Land welche Funktion innehat.»

Strattmann brach das sich anschließende Schweigen und machte sich daran, die Gruppe auf den bevorstehenden Einsatz vorzubereiten. «Der Regierende Bürgermeister arbeitet heute Morgen im Schöneberger Rathaus. Er sichtet Akten, empfängt Besucher, gibt einer westdeutschen Zeitung ein Interview. Anschließend bespricht er sich mit den Senatoren, zuerst mit denen der FDP, dann mit denen der eigenen Partei.»

Der bisherige Innensenator Heinrich Albertz sollte in wenigen Tagen vom West-Berliner Parlament zum Nachfolger Brandts gewählt werden. Kappe hatte mit Strattmann ein paar Worte über diesen Wechsel gesprochen. Der Liebling der Berliner Polizei war Albertz weiß Gott nicht. Der ehemalige Pastor wurde als ein Mann der Worte betrachtet, nicht als einer der Tat. Die ganze Stadt fremdelte ein wenig mit ihm. Willy Brandt dagegen war den Berlinern vertraut wie der Walzer, der während des Sechstagerennens im Sportpalast gepfiffen wurde. Doch es störte Kappe, dass Brandt sich fotografieren ließ, wenn er vergnügt mit Filmgrößen oder bekannten Musikern plauderte. Kappe musste sich eingestehen, dass ihm Brandt eher fremd blieb. Seiner Sympathie für den Sozialdemokraten Strattmann, der sich als verlässlicher Kollege erwiesen hatte, tat dies freilich keinen Abbruch.

Der Regierende Bürgermeister werde bis fünfzehn Uhr im Büro zu tun haben, führte Strattmann weiter aus. «Gibt es dazu Fragen?»

«Wer ist für den Wachschutz im Schöneberger Rathaus zuständig?», fragte Bredow.

«Zwei Kollegen von der Kripo. Sie haben eigentlich nur die Funktion, vor der Tür zu Brandts Dienstzimmer zu stehen. Ihr Dienst geht heute bis fünfzehn Uhr.» Strattmann nahm sich von dem Kaffee, den Frieda Kessel vor der Besprechung bereitgestellt hatte, und trank einen Schluck. «Gegen drei wird Brandt das Schöneberger Rathaus verlassen, um ins Kurt-Schumacher-Haus in der Müllerstraße zu fahren. Dort will er sich mit dem Landesvorstand seiner Partei beraten, planmäßige Ankunft in der Müllerstraße ist halb vier. Wir werden ihn dort erwarten.» Er wandte sich an Piossek und Bredow. «Sobald der Regierende in der Müllerstraße angekommen ist, fahren Sie beide zur Deutschlandhalle. Sie postieren sich am Eingang, um die Besucher unter die Lupe zu nehmen.»

«Das sind vier Eingänge nebeneinander!», warf Bredow ein. «Die mit zwei Leuten zu kontrollieren wird schwierig.»

Strattmann überlegte. «Der Einwand ist berechtigt, das haben wir nicht bedacht. Dann müssen die beiden äußeren Eingänge geschlossen werden, damit die Halle lediglich durch die beiden mittleren betreten werden kann. Ich werde das regeln. Aber auch dann ist der Eingang zur Halle nur schlecht besetzt. Kynast», erklärte er, «Sie müssen mit.»

Günter Kynast bestätigte: «Ich fahre mit zur Deutschlandhalle.»

«Danke», sagte Strattmann. «Falls sich jemand verdächtig verhält, wird der zur Seite genommen, und die uniformierten Kollegen, die dort bereitstehen, sollen ihn durchsuchen. Sollte Frau Rathstein vor der Deutschlandhalle auftauchen, kümmern Sie sich selbst um sie. Diese Aufgabe verlangt viel Fingerspitzengefühl, aber das haben Sie ja. Gibt es Fragen?» Strattmann wartete einen Augenblick, dann fuhr er fort: «Etwa zwanzig Minuten vor fünf verlässt Brandt die Sitzung in der Müllerstraße und wird dann zur Deutschlandhalle kutschiert. Kappe und ich fahren mit Brandt zusammen in einem Auto, Fräulein Lenné und der Mitarbeiter, der die Aktentasche des Regierenden trägt, folgen in einem zweiten Auto. Die beiden Fahrer sind für alle Zwischenfälle geschult. Wenn wir vor der Deutschlandhalle angekommen sind, werden sich Ludwig Bredow und Gerhard Piossek zu uns gesellen und Brandt vorausgehen. Günter Kynast bleibt zunächst noch am Eingang.» Strattmann bat die Gruppe, ihm zu der Berlin-Karte zu folgen, die an der Wand hing. «Das ist der Vorplatz, und da befinden sich die Eingänge. Hier wird Brandts Wagen halten. Es sind also maximal zehn Meter, die bis zur Halle zurückzulegen sind.» Strattmann deutete mit der Hand auf eine Stelle auf der Karte. «Piossek und Bredow gehen also voraus, ihnen folgen Brandt und sein Mitarbeiter, flankiert durch Kappe und mich. Fräulein Lenné bildet den Abschluss. Der Abstand zum Regierenden sollte nicht mehr als zwei Meter betragen.»

Die Gruppe hatte geduldig zugehört. Lilli Lenné hatte aber eine Frage. «Was machen wir, wenn jemand dem Regierenden näher zu kommen versucht?»

«Sollte sich jemand Brandt nähern, dann behaltet ihn genauestens im Auge. Es kommt schon mal vor, dass jemand dem Bürgermeister eine Petition überreichen will. Brandt nimmt das Papier dann für gewöhnlich entgegen, wechselt einige Worte mit dem Bittsteller und reicht die Unterlagen an seinen Mitarbeiter weiter. Ich glaube nicht, dass es Schwierigkeiten geben wird. Ich habe noch nie erlebt, dass jemand aufdringlich geworden ist. Sollte das aber doch passieren, dann wehren Sie ihn mit einfachen körperlichen Mitteln ab.»

Lilli Lenné blickte Strattmann zweifelnd an.

«Haben Sie noch etwas auf dem Herzen, Frau Kriminalmeisterin?»

«So habe ich mir das aber nicht vorgestellt», sagte sie.

«Was haben Sie sich denn anders vorgestellt?»

«Ich dachte, was wir tun, sei reine Formsache», antwortete sie.

«Das wird es auch sein», erklärte Strattmann, «jedenfalls zu 99,99 Prozent. Und wegen der restlichen 0,01 Prozent muss ich euch einweisen. Ich habe das damals als Pistolenmüller von Innensenator Lipschitz alleine geschafft. Da schaffen wir das zusammen erst recht. Also, in dieser Aufstellung begleiten wir Willy Brandt in die Halle, den Mittelgang hinauf bis zum Podium. Dort nimmt Brandt vor einem Tisch Platz. Rechts davon befindet sich das Rednerpult. Der Landesvorsitzende Kurt Mattick wird die Begrüßungsrede halten. Im Anschluss hat der Regierende das Wort. Otto und ich stehen hinter dem Tisch, Fräulein Lenné links und Gerhard Piossek rechts davon. Ludwig Bredow und Günter Kynast beobachten die Menschen in den ersten Reihen ganz genau.»

«Und was tun wir, wenn einer von uns etwas Verdächtiges registriert?», fragte Kynast.

«Wer etwas Verdächtiges bemerkt, der nimmt mit mir oder

Herrn Kappe Blickkontakt auf und nickt. Angenommen, Sie würden uns zunicken, Herr Kynast, dann kämen wir zu Ihnen, und Sie würden uns berichten, was Ihnen aufgefallen ist. Wir würden dann entscheiden, was zu tun ist.» Strattmann schaute jeden einzelnen seiner Kollegen an. «Die ganze Sache wird um sieben Uhr zu Ende sein. Dann läuft alles wieder so ab wie beim Einmarsch. Sobald Brandt im Auto sitzt, ist unser Einsatz beendet.» Er überlegte einen Moment. «Jeder von uns trägt seine Waffe. Wir sind also für den Ernstfall vorbereitet. Aber so weit wird es nicht kommen.» Zum ersten Mal während seines Vortrags lächelte Strattmann. «Wir werden den Amis zeigen, dass wir das ebenso gut können wie sie.»

Otto Kappe saß am Schreibtisch, als ihm gemeldet wurde, ein Streifenpolizist habe die gesuchte Frau Professor Rathstein am Ernst-Reuter-Platz gesichtet. Sie sitze in einem parkenden Auto. Sofort schnappte sich der Kommissar Hans-Gert Galgenberg, um mit ihm auf die Straße zu stürmen und den grünen Käfer zu besteigen, den er schnellstens angefordert hatte.

«Bitte beeilen Sie sich und schalten Blaulicht und Martinshorn ein!», rief Kappe. «Wenn wir die Hardenbergstraße erreichen, stellen Sie beides wieder ab.»

Der Fahrer fuhr behäbig los.

«Schneller!», nörgelte Galgenberg. «Es kommt auf jede Minute an!»

«Ich muss mich an die Geschwindigkeitsbegrenzung halten», entgegnete der Fahrer, «wie jeder andere auch.»

Kappe, der neben dem Fahrer saß, verlor fast seine Fassung ob so viel Regeltreue. Am Ernst-Reuter-Platz ließ er sich und Galgenberg absetzen. «Sie warten hier bitte!», sagte er mürrisch zum Fahrer.

Gemeinsam mit Galgenberg eilte er in Richtung Bismarckstraße. Er schaute zurück und sah, dass der Käfer immer noch an der Stelle stand, wo sie ausgestiegen waren. Merkwürdig kam ihm vor, dass der Fahrer offenbar zum Funktelefon gegriffen hatte, kaum dass sie ausgestiegen waren.

Vor ihnen parkte am Straßenrand ein schwarzer Citroën mit ausländischem Nummernschild. Davor stand ein heller Ford M12 mit einem Berliner Kennzeichen. Schließlich ein Opel Kapitän. Sonst nichts.

«Wo ist der Kollege, der die Rathstein erkannt haben will?», fragte Kappe.

Galgenberg zuckte mit den Achseln. «Ich weeß det nicht.»

Sie liefen zum Polizeifahrzeug zurück.

«Los», sagte Galgenberg, «wieda retour!»

«Ist eine Meldung für uns eingegangen?», fragte Kappe den Fahrer.

«Ja», sagte der, «eben wurde durchgegeben, dass man sich getäuscht habe, als man glaubte, die gesuchte Dame gesehen zu haben.»

«Wer ist ‹man›?»

«Das ist der Kollege, der diese Frau erkannt haben will.»

«Hat der auch einen Namen?»

«Kenne ich nicht.»

«Det is vielleicht n' Saftladen!», rief Galgenberg.

Dem Fahrer begann die Situation offenkundig peinlich zu werden, denn er erklärte: «Die Kollegen haben die Personalien der Frau überprüft. Es war nicht die Frau Rathstein. Also haben sie die Dame laufen lassen.»

Während der Rückfahrt fragte Kappe Galgenberg, warum er sich nicht für den Einsatz in der Deutschlandhalle gemeldet habe.

«Ick hab privat seit Wochen wat mit meiner Frau vor und hab mir deshalb extra freigenommen», antwortete Galgenberg.

Drei viertel vier verteilten sich die Männer, die Willy Brandt beschützen sollten, auf zwei Polizei-Käfer und fuhren in die Müllerstraße. Dort eingetroffen, sah sich Kappe um. Rechts lagen der städtische Urnenfriedhof und der Schillerpark, links das Straßengewirr des Afrikanischen Viertels und dahinter der Volkspark. Auf der Müllerstraße herrschte dröhnender Freitagnachmittagsverkehr. Ein unübersichtliches Durcheinander. In welche Richtung Kappe den Kopf auch wandte, überall Menschen und Autos.

Gerhard Piossek und Eduard Strattmann waren ausgestiegen und standen rechts vom Eingang des Kurt-Schumacher-Hauses und unterhielten sich. Kappe beobachtete, wie Autos anhielten, Menschen ausstiegen und die Wagen wieder davonbrausten. Direkt am Eingang hatte sich eine Gruppe uniformierter Polizisten eingefunden. Um sie herum hatten sich, trotz beginnenden Nieselregens, neugierige Zuschauer versammelt.

Nachdem er Ludwig Bredow, Gerhard Piossek und Günter Kynast aufgefordert hatte, schon zur Deutschlandhalle zu fahren, spazierte er zusammen mit Lilli Lenné zu Strattmann. Der rauchte, während er den Eingang im Auge behielt.

«Was wollen die Kollegen hier?», fragte Kappe.

Strattmann zuckte mit den Achseln. «Ich schätze, sie wollen den Regierenden noch mal sehen.»

Wenige Minuten vor fünf hielten zwei schwarze Limousinen einige Meter vom Eingang entfernt am Straßenrand. Ein dritter Wagen wendete mitten auf der Straße, um auf der gegenüberliegenden Seite zu halten, und löste eine wilde Huperei aus. Zwei Polizisten eilten hinzu, um die Autos zu vertreiben. Sie sprachen mit einem Wageninsassen. Einer der beiden Polizisten salutierte, dann ging er mit seinem Kollegen wieder zum Eingang des Gebäudes.

«Was ist denn das? Der Staatsschutz?», überlegte Otto Kappe laut.

«Das halte ich für möglich», erwiderte Strattmann. «Den können wir hier nicht raushalten. Aber dass vor dem Staatsschutz salutiert wird, ist mir neu.»

Willy Brandts Dienstwagen, ein dunkler Benz, fuhr vor, und Kappe registrierte, wie sich die Zuschauer näher drängten.

«Verdammt!», fluchte Strattmann. «Wer ist denn jetzt für seine Sicherheit verantwortlich?»

Der Wagenschlag öffnete sich, der Regierende stieg langsam aus, warf einen Blick auf die Straße und atmete einmal tief durch. Otto Kappe fiel eine alte Frau auf dem Bürgersteig links vom Eingang auf. Sie hatte ein Kopftuch umgebunden, ging etwas gekrümmt und stützte sich auf einen Stock. Piossek beobachtete den Politiker offenbar fasziniert. Strattmann schien wie erstarrt. Die alte Frau wartete, die linke Hand auf den Krückstock gestützt, die rechte in ihrer Manteltasche. Irgendwie seltsam, dachte Kappe, aber vielleicht sucht sie nur ihr Taschentuch.

Doch kaum hatte Brandt den ersten Schritt in Richtung Eingang getan, bewegte sich die Alte erstaunlich behände auf ihn zu. Der Regierende Bürgermeister schritt unbeirrt voran, blieb einen Augenblick stehen und sprach mit einem seiner Begleiter. Der nickte. Plötzlich zog die Frau einen Gegenstand aus ihrer Tasche. Die Türen der ersten Limousine öffneten sich, und zwei Männer sprangen heraus. Ein Schuss fiel. Einer der Männer fasste sich an die Brust, der andere hob seine Pistole. Zwei weitere Schüsse. Die alte Frau stolperte, fiel hin.

Brandt war während dieser Sekunden im Schumacher-Haus verschwunden, er hatte offenbar nichts davon mitbekommen, was auf der Straße geschehen war. Hinter ihm hatte sich ein Pulk uniformierter Polizisten gebildet. Die Eingangstür schloss sich.

Weitere Männer stiegen aus der zweiten Limousine und hoben den Verletzten in den ersten Wagen. Ein kurzer Ruf, dann raste dieses Auto davon. Einer stürzte sich auf die alte Frau, packte sie, hob sie hoch. Dabei rutschte ihr das Tuch vom Kopf — und Kappe stockte der Atem: Es war Gerhild Rathstein. Der Mann warf sie förmlich in den zweiten Wagen, schlug aufs Wagendach, und auch dieses Auto brauste davon.

Greg Foggerty stieg aus der dritten Limousine, die auf der gegenüberliegenden Straßenseite stand, und kam auf Lenné, Kappe und Strattmann zu. Anscheinend war er guter Stimmung, zumindest lächelte er. Er trug einen schwarzen Anzug mit einem dunklen Hemd und hielt einen schwarzen Hut in den Händen.

So ähnlich müssen die Mafia-Chefs in den USA aussehen, ging es Kappe durch den Kopf.

Foggerty nickte ihnen zu. «Gute Arbeit, Herr Kappe! So wie man es von Ihnen gewohnt ist. Auch Ihnen ein großes Dankeschön, Herr Strattmann! Ohne Ihre Vorarbeiten hätten wir hier nichts ausrichten können.» Der CIA-Mann blickte zum Eingang des Kurt-Schumacher-Hauses, aus dem gerade zwei seiner Mitarbeiter kamen und ihm signalisierten, dass alles in Ordnung sei. «Wie es aussieht, hat Frau Rathstein einen Schuss in die linke Schulter und einen zweiten in die linke Hand abbekommen», erklärte er. «Meine Männer werden sie wohl direkt ins Krankenhaus bringen. Wenn sie wieder auf den Beinen ist, werden wir ihr den Prozess machen, weil sie auf Angehörige der Alliierten geschossen und die Sicherheit der Stadt gefährdet hat.»

Kappe war außer sich. Auch Strattmann war weiß vor Wut.

«Regen Sie sich nicht auf! Wie Sie wissen, haben wir das Recht einzugreifen, wann immer wir das für nötig halten. Wir wollten in jedem Fall verhindern, dass Ihrem künftigen Bundesaußenminister etwas Schlimmes widerfährt. Das verstehen Sie doch?» Als eine Reaktion ausblieb, sprach Foggerty weiter. «Seien Sie froh, dass wir Ihnen diese Aufgabe abgenommen haben! So ersparen wir es Ihnen, einen Gerichtsprozess gegen Frau Rathstein anstrengen zu müssen. Denn der wäre für ihre Gesinnungsgenossen ein willkommener Anlass gewesen, öffentlich für ihre politischen Anliegen zu agitieren und Brandt zu diffamieren.»

Auch wenn Kappe den Sozialdemokraten beileibe nicht nahestand, er ahnte, was Foggerty ihnen hatte sagen wollen. Auch Kappe hatte mit Verdruss wahrgenommen, wie Willy Brandt immer wieder von konservativer und erst recht von rechtsextremer Seite als Vaterlandsverräter verleumdet worden war. Ihm wurde angekreidet, dass er dem NS-Staat entflohen und ins schwedische Exil gegangen war. Er habe mit dem Feinde paktiert und damit zur Kriegsniederlage Deutschlands beigetragen. Obendrein sei er ein elender Lügner – schließlich sei sein eigentlicher Name Herbert

184

Frahm. Kappe ärgerte sich maßlos, wenn auf diese Weise Widerstandskämpfer gegen die Hitler-Diktatur als Feinde Deutschlands verunglimpft wurden.

Der amerikanische Geheimdienstler wandte sich ab, überquerte rasch die Straße, stieg in das Auto, mit dem er gekommen war, winkte den deutschen Kriminalbeamten zu und fuhr davon.

In der Deutschlandhalle funktionierte der Begleitschutz für Willy Brandt reibungslos – so als hätten Otto Kappe und seine Kollegen nie etwas anderes getan. Kappe war überrascht, wie stark der Politiker die Zuhörer mit seinen Worten in den Bann zog. Auch er selbst war beeindruckt von dem Charisma des Redners. Doch er zwang sich, sich ganz darauf zu konzentrieren, die Zuhörer in den ersten Reihen genau zu beobachten. Als die Rede beendet war, war er regelrecht erleichtert.

Bevor er in den Wagen stieg, der auf ihn wartete, verabschiedete sich Brandt von seinem heutigen Wachschutz mit Handschlag und klopfte Kappe und Strattmann freundschaftlich auf die Schultern. Nachdem sich das Auto mit dem Politiker durch die jubelnde Menschenmenge gequält hatte und ihren Blicken entschwunden war, guckte Strattmann Kappe an, grinsend wie ein Schuljunge nach einem besonders gelungenen Streich, und fragte: «Feiern wir bei euch oder bei uns?»

Am Abend saßen die Eheleute Betty und Eduard Strattmann gemeinsam mit Otto und Gertrud Kappe im Horstweg, tranken Kupferberg Gold zu neun Mark fünfzig die Flasche und aßen in Schinken eingerollten und mit Mayonnaise bestrichenen Spargel aus dem Glas sowie Toast Hawaii.

«Lasst uns etwas Stärkeres trinken!», schlug Gertrud irgendwann vor und holte ihren Kirschlikör hervor.

«Verdammt, verdammt, wir hätten die Rathstein kriegen müssen!», brach es aus Otto hervor. «Ich darf gar nicht daran denken, dass uns dieser Foggerty den Erfolg weggeschnappt hat. Der muss doch über jeden unserer Schritte informiert gewesen sein. Oder was meinst du, Eduard?»

Strattmann hob sein Schnapsglas. «Otto», erklärte er mit einem leichten Nuscheln, «ich glaube nicht, dass du heute Abend noch Verbrecher jagen kannst. Überlass das ruhig den Amis!» Er trank, stellte sein Glas ab und fragte: «Krieg ich noch einen?» Ohne Pause fuhr er fort: «Es geschieht nichts in der Stadt, auf dass die Amis nicht ein Auge hätten. Was die wissen wollen, kriegen sie auch raus! Das war seit dem Krieg so, und so wird es auch bleiben.»

Die beiden Ehepaare verbrachten noch einen feuchtfröhlichen, lauten Abend in der Wohnung der Kappes. Leise wurde es nur für ein paar Minuten, als Otto Kappe um zehn das Radio für die Nachrichten einstellte. Der RIAS-Sprecher verkündete: «US-Sicherheitsbeamte haben heute in Zusammenarbeit mit der Berliner Kriminalpolizei und dem Staatsschutz einen Anschlag auf den Regierenden Bürgermeister Willy Brandt in der Müllerstraße verhindert. Es kam zu einem kurzen Schusswechsel, bei dem ein Angehöriger der US-Streitkräfte und eine Frau verwundet wurden. Über die Hintergründe ist noch nichts bekannt. In Sicherheitskreisen wird nicht ausgeschlossen, dass linke Extremisten hinter dem Anschlagsversuch stehen. Die Sicherheit in der Stadt sei nicht gefährdet, erklärte Innensenator Heinrich Albertz.»

NACHBEMERKUNG

Der Attentatsversuch auf den ehemaligen Regierenden Bürgermeister von Berlin Willy Brandt, der in diesem Roman geschildert wird, ist fiktiv. Doch gibt es einen historischen «Rohstoff», vor dessen Hintergrund *Brandt-Gefahr* entstanden ist.

Nach dem Rücktritt von Bundeskanzler Ludwig Erhardt am 1. Dezember 1966 legte Brandt sein Amt nieder, um in der neugebildeten Großen Koalition Außenminister der Bundesrepublik Deutschland unter dem Bundeskanzler Georg Kiesinger zu werden. Im Juni desselben Jahres war er als SPD-Vorsitzender wiedergewählt worden. Brandt war in Berlin sehr beliebt, und auch in der Bundesrepublik wuchs damals seine Anhängerschaft. Bei rechtsextremistisch sowie zum Teil auch bei konservativ eingestellten Bürgern hingegen wurde er mehr und mehr zum Hassobjekt. Dies hing damit zusammen, dass er als Antifaschist im Ausland gegen die Nationalsozialisten gekämpft hatte. Auch wurde ihm seitens des politischen Gegners vorgeworfen, unehelich geboren zu sein. Diese Ablehnung verstärkte sich noch, als Brandt ab 1966 als Außenminister und ab 1969 als Bundeskanzler einer Koalition mit der FDP die Verständigungspolitik gegenüber der DDR vorantrieb, die er bereits mit dem Passierscheinabkommen von 1965/66 eingeleitet hatte.

«Brandt an die Wand» lautete eine der Parolen, mit denen die politische Rechte den Bundestagswahlkampf 1969 bestritt, eine andere hieß: «Deutsches Land wird nicht verschenkt, eher wird der Brandt gehängt.» Brandt, der vor dem Zweiten Weltkrieg emigriert war, der in Spanien auf der Seite der Republik gestanden hatte, der von Skandinavien aus die Nationalsozialisten bekämpft hatte, galt ihnen als Vaterlandsverräter. Die rechtsextremistische NPD scheiterte bei dieser Bundestagswahl knapp an der Fünfprozenthürde.

1970 wurde ein Attentatsplan einer NPD-nahen neonazistischen Gruppe, die sich «Europäische Befreiungsfront» nannte, auf Brandt aufgedeckt. Damals wollte sich Brandt mit dem Staatsratsvorsitzenden der DDR Willi Stoph in Kassel treffen, um über die künftigen Beziehungen zwischen der Bundesrepublik Deutschland und der Deutschen Demokratischen Republik zu verhandeln. Dem Verfassungsschutz war bekannt, dass sich sowohl in Nordrhein-Westfalen als auch in Baden-Württemberg rechtsextremistische Gruppierungen gebildet hatten, die den gewaltsamen Sturz der staatlichen Ordnung und die Ermordung demokratischer Politiker zum Ziel hatten.

Am 19. April 1971 berichtete das Nachrichtenmagazin *Der Spiegel*: «Der Gärtner und Hausmeister Carsten Eggert, 20, studierte den Moskauer Gewaltverzichtsvertrag und das Warschauer Abkommen, vom Bundespresseamt ließ er sich den ‹Bericht zur Lage der Nation› schicken. Am 7. April verließ er seinen Arbeitsplatz im Blindenheim zu Nümbrecht bei Köln und kaufte sich in der Domstadt einen Dolch mit Horngriff und neun Zentimeter langer Klinge sowie eine Eisenbahnfahrkarte nach Bonn, um dort vier Männer umzubringen, die für die deutsche Ostpolitik stehen: Bundespräsident Gustav Heinemann, Kanzler Willy Brandt, Außenminister Walter Scheel und SPD-Fraktionschef Herbert Wehner.» Eggert wurde schließlich im Park der Villa Hammerschmidt, des Dienstsitzes des Bundespräsidenten, festgenommen. Er habe «die da oben aus dem Weg schaffen wollen», und Adolf Hitler sei «sein Idol».

Darüber hinaus treten im Roman einige historische Personen auf. Erich Duensing war von 1962 bis 1967 Polizeipräsident in West-Berlin, Johannes Stumm sein Vorgänger, Otto Bennemann war niedersächsischer Innenminister. Auch Mitglieder der einstigen Kampfgruppe gegen Unmenschlichkeit werden namentlich genannt, so Erich von Sivers und der SS-Arzt Horst Schumann. Die erwähnte Würdigung Schumanns ist belegt. Auch den CIA-Repräsentanten William King Harvey hat es tatsächlich gegeben. Rolf Schwedler war von 1955 bis 1972 West-Berliner Bausenator, die beschriebene Fahrt mit dem Polizeifahrzeug ereignete sich 1963. Heinrich Albertz war Innensenator und später als Nachfolger Brandts kurze Zeit Regierender Bürgermeister in West-Berlin.

Einige weitere Hinweise zu dem historischen Hintergrund der Geschichte seien hier genannt. Im Roman wird erwähnt, dass junge Rechtsextremisten aus Westdeutschland nach West-Berlin übersiedeln. Tatsache ist, dass der linke Studentenführer Rudi Dutschke 1968 von einem jungen Gelegenheitsarbeiter namens Josef Bachmann, der aus dem Westen nach Berlin gekommen war, durch drei Schüsse schwer verletzt wurde, an denen er später starb. Es stellte sich heraus, dass Bachmann in Niedersachsen mit einem ehemaligen NPD-Mitglied das Schießen geübt sowie bei ihm Schusswaffen und Munition gekauft hatte. Mit der «Braunschweiger Gruppe» hatte er Anschläge verübt.

Die wesentlichen Unterlagen und Informationen über die Kampfgruppe gegen Unmenschlichkeit wurden tatsächlich an den Bundesnachrichtendienst übermittelt, in dem sich einige Mitglieder der KgU verdingten.

Das Treffen zwischen Brandt und dem sowjetischen Botschafter in Ost-Berlin hat wirklich stattgefunden, die Veranstaltung in der Deutschlandhalle ist dagegen erfunden.

Ob es im Berliner Senat tatsächlich ernsthafte Pläne gab, die Olympischen Spiele und gewisse Arbeitsbereiche der UNO nach Berlin zu holen, ist nicht mit letzter Gewissheit zu sagen. Die Quellen widersprechen sich.

Die Freiwillige Polizei-Reserve wurde 2002 aufgelöst. 1993 waren rund 200 ihrer Mitglieder überprüft worden. Bei 89 hatte man Hinweise auf Kriminaldelikte wie Diebstahl, Raub, Vergewaltigung, Körperverletzung, sexuellen Missbrauch von Kindern und Vorbereitung eines Sprengstoffanschlags gefunden. Sechzehn Überprüfte wurden dem rechtsextremen Milieu zugeordnet.

Zu guter Letzt zu den Slippern von Leiser für Lyndon B. Johnson: Der US-Vizepräsident wurde von Präsident John F. Kennedy 1961 nach Berlin gesandt, um nach dem Bau der Berliner Mauer amerikanische Präsenz zu demonstrieren. Als Johnson während eines Abendessens Brandts bequeme Slipper mit Ledersohle und Gummizug bemerkte, wollte er auch solche haben. Leiser lieferte sogar an einem Sonntag für den Gast – in Schwarz, Preis 43,50 D-Mark. Sollte diese vom *Spiegel* erzählte Geschichte wider Erwarten nicht wahr sein, so ist sie doch wunderbar

Es geschah in Berlin ...

Horst Bosetzky: **Kappe und die verkohlte Leiche** (1910)
Sybil Volks: **Café Größenwahn** (1912)
Jan Eik: **Der Ehrenmord** (1914)
Horst Bosetzky / Jan Eik: **Nach Verdun** (1916)
Iris Leister: **Novembertod** (1918)
Horst Bosetzky: **Der Lustmörder** (1920)
Peter Brock: **Das schöne Fräulein Li** (1922)
Wolfgang Brenner: **Stinnes ist tot** (1924)
Petra A. Bauer: **Unschuldsengel** (1926)
Horst Bosetzky: **Bücherwahn** (1928)
Petra A. Bauer: **Kunstmord** (1930)
Jan Eik: **Goldmacher** (1932)
Klaus Vater: **Am Abgrund** (1934)
Horst Bosetzky: **Mit Feuereifer** (1936)
Jan Eik: **In der Falle** (1938)
Jan Eik: **Polnischer Tango** (1940)
Petra Gabriel: **Beutezug** (1942)
Horst Bosetzky: **Unterm Fallbeil** (1944)
Jan Eik: **Heimkehr** (1946)
Horst Bosetzky: **Razzia** (1948)
Petra Gabriel: **Operation Gold** (1950)
Jan Eik: **Heißes Geld** (1952)
Horst Bosetzky: **Auge um Auge** (1954)
Petra Gabriel: **Kaltfront** (1956)
Jan Eik: **Grenzgänge** (1958)
Petra Gabriel: **Tod eines Clowns** (1960)
Horst Bosetzky: **Berliner Filz** (1962)
Horst Bosetzky: **Auf leisen Sohlen** (1964)
Klaus Vater: **Brandt-Gefahr** (1966)

Alle Bände sind auch als E-Book erhältlich.